7

凉月满天◎著

女人一生的美妙螺旋

成都时代出版社
CHENGDU TIMES PRESS

图书在版编目（CIP）数据

7：女人一生的美妙螺旋 / 凉月满天著 . -- 成都：
成都时代出版社 , 2016.8
　　ISBN 978-7-5464-1701-1

　　Ⅰ . ① 7… Ⅱ . ①凉… Ⅲ . ①散文集—中国—当代
Ⅳ.①I267

　　中国版本图书馆 CIP 数据核字（2016）第 170208 号

7：女人一生的美妙螺旋
7：NVREN YISHENGDE MEIMIAO LUOXUAN

凉月满天　著

出 品 人	石碧川
责任编辑	周　慧
责任校对	陈德玉
装帧设计	点石坊工作室
责任印制	干燕飞
出版发行	成都时代出版社
电　　话	（028）86621237（编辑部）
	（028）86615250（发行部）
网　　址	www.chengdusd.com
印　　刷	三河市祥达印刷包装有限公司
规　　格	690mm×980mm　1/16
印　　张	16
字　　数	200 千字
版　　次	2016 年 9 月第 1 版
印　　次	2016 年 9 月第 1 次印刷
印　　数	1-15000
书　　号	ISBN 978-7-5464-1701-1
定　　价	32.80 元

序

　　历时三年，这本书终于画上句号。不敢说它圆满——写作本身就是一件有缺憾的事情，有限的文字永远涵纳不了所有的心头想，但是，它终于写完了。

　　写它的过程，就好像替每个年龄段的女人都活了一遍：幼女稚童、青春妙龄、鲜活少妇、中年女子到老年女性。事实上，人到中年，作者也确实有资格替这本书里大部分的年龄段活过一部分了。想不想经历的也大半经历过了，愿不愿见闻的也大半见闻过了，人世纷繁，所经所历、所闻所见，成全了心头想。

　　说实话，女人的一生真是很奇妙。好像有一个数字，隐隐约约贯串其中，以其为周期，把女性的一生编织成了一个美妙的螺旋，这个数字就是"七"。这一点早在《黄帝内经》中就有过精辟的论述：

　　帝曰："人年老而无子者，材力尽耶，将天数然也。"

　　岐伯曰："女子七岁，肾气盛，齿更发长；二七而天癸至，任脉通，太冲脉盛，月事以时下，故有子；三七，肾气平均，故真牙生而长极；四七，筋骨坚，发长极，身体盛壮；五七，阳明脉衰，面始焦，发始堕；六七，三阳脉衰于上，面皆焦，发始白；七七，任脉虚，太冲脉衰少，天癸竭，地道不通，故形坏而无子也。

"丈夫八岁，肾气实，发长齿更；二八，肾气盛，天癸至，精气溢写，阴阳和，故能有子；三八，肾气平均，筋骨劲强，故真牙生而长极；四八，筋骨隆盛，肌肉满壮；五八，肾气衰，发堕齿槁；六八，阳气衰竭于上，面焦，发鬓颁白；七八，肝气衰，筋不能动，天癸竭，精少，肾藏衰，形体皆极；八八，则齿发去。肾者主水，受五藏六府之精而藏之，故五藏盛，乃能写。今五藏皆衰，筋骨解堕，天癸尽矣。故发鬓白，身体重，行步不正，而无子耳。"

它的意思是：

黄帝问道："人年老以后就不能够继续生育子女的原因，是由于肾精衰竭了呢，还是由于身体生长变化规律中的定数就是这样呢？"

岐伯回答说："女子长到 7 岁的时候，肾气已经充盈，所以牙齿开始更换，头发开始旺长；长到 14 岁的时候，天癸就发育成熟了，任脉也贯通了，冲脉旺盛运行，月经按时来到，所以能够生育；到了 21 岁的时候，肾气充盈，所以智齿随之长出，身体也发育到了顶点；到了 28 岁的时候，筋骨已很坚实，头发的生长则达到了顶点，身体最为强健；到了 35 岁的时候，阳明经脉首先转衰，随之是面部开始干枯，头发开始脱落；到了 42 岁的时候，三阳经脉从头、面部开始转衰，面部完全变得干枯无光，头发开始变白；

到了 49 岁的时候，任脉已经空虚，冲脉也已转衰而血气无多，天癸则完全枯竭，月经随之停闭而不再来潮，所以就使得身体完全衰老而不能再生育了。

男子在长到 8 岁的时候，肾气已经充实，所以头发开始旺长，牙齿开始更换；长到 16 岁的时候，肾气已很旺盛，天癸随之发育成熟，精气充盈而开始排精。这时如果与女子交媾，就能够生育子女；到了 24 岁的时候，肾气已很盈满，筋骨刚劲有力，所以智齿随之长出，身体也发育到了顶点；到了 32 岁的时候，筋骨最为强健，肌肉则丰满而壮实；到了 40 岁的时候，肾气由盛转衰，所以头发开始脱落，牙齿开始干枯；到了 48 岁的时候，阳气从头面部开始衰竭，所以面部完全失去光泽，鬓发也变得斑白；到了 56 岁的时候，肝气开始转衰，筋脉随之不能活动自如；又天癸已经枯竭，阴精所剩不多，于是肾脏的功能也开始转衰。这时，男子的身体可谓全面地由盛转衰了；到了 64 岁的时候，牙齿和头发就全都脱落了。人的肾脏，是主管水液的器官，它受纳并藏守五脏六腑的精气。所以，五脏的机能都很旺盛，肾脏才能产生并排出精液。如果五脏的机能都已衰退，筋骨也已日趋困顿懒散、倦怠无力，天癸就会枯竭；也因此就会鬓发变白、身体沉重、行走不稳，终于不能生育子女了。"

按照这个说法，女性以"七"为周期，男性则以"八"为周期，整个生命力是螺旋式地上升到顶点之后，又螺旋式地下降。所以，女性的确比男性更早成熟。有一点需要说明的是，这里的"七"，是指的中国的虚岁的"七"。本书中年龄段的划分，也沿用这个惯例，以中国的虚岁计岁，这一点请读者周知。

犹记年少时喜欢上一个同龄的男孩子，可是他无知无觉，我去找他玩，他却扔下我和别的男孩子去下棋。等到他长大几岁，明白了我的心意，那个时候，我已经不喜欢他了。就是这么阴错阳差。所以，男性的确是晚熟一些。再看《红楼梦》里的贾宝玉，他和一堆姐姐妹妹们白天黑夜在一处混着，一夜过生日喝得酒醉，还和一个叫芳官的女孩子一床上睡，天明才发觉，不后悔别的，只后悔没有趁她睡着，给她涂一脸黑墨——真是孩子。而这个时候，像袭人等大丫头，早都已经洞悉人事。

所以古人对于天地生人，研究是很透彻的。基于《黄帝内经》的这个理论，很轻易就能找到女性一生发展的周期表——纵使不是绝对化的、百分百的准确，但也为女子如何将一生分阶段地过得更好提供了一个大致的参考。

我愿意把这种所思所想奉献给亲爱的读者，文中粗疏之处难免，敬请诸君批评指正。

目　录

第八章 蝉噪林愈静，鸟鸣山更幽：
　　　　50岁以后，以前世人爱你的美貌，现在世界爱你的智慧

第九章

第一章

一个奇妙的数字：
女性的美好人生，从"7"开始

　　天地生人，无非两个，一曰男，一曰女。女性是美好的，女性的一生也应该是美好的一生。她们从出生之后的发展规律，皆由一个字——"七"开始。

第一节
如果只有男人，这个世界将会怎样？

如果只有男人，这个世界将会怎样？

这是一个可怕的问题，就好比世界上没有了洒下清辉的月亮，只剩下明亮炽烈的太阳。或者说没有阴，只有阳。

而整个世界的运转法则，却是只有阴阳调和，才能滋润生长。

我们中国的道家思想对于阴阳调和的学说有极其深入的阐述和说明，比如阴和阳既分离又统一，二者既相互排斥，相互斗争，例如春夏阳气上升，炎火旺盛，阴气下降，是以春温夏热；秋冬阴气上升，冰寒旺盛，阳气下降，是以秋凉冬冷；另一方面，却又统一与平衡，相互依存，彼此为用。没有阳就没有阴，没有阴，阳也不存。正所谓"孤阴不长，独阳不生"。

人是万物之灵，当然也分阴阳的。男为阳，女为阴。

陈存仁先生在美国演讲阴阳之道时说：

"男性是急进而有力的，称为阳性；女性是缓进而隐藏的，称为阴性。凸者为阳，凹者为阴。男性的体格比较大而高，是阳性的特征，女性的体格比较玲珑而腰细，是阴性的特征。男性粗鲁有力，会追求，是阳；女性端庄温柔，半推半就，是阴。阴阳调和，凹凸相合之后，精子是阳，卵子是阴，就会生生不息。"

阴阳两个字，真是玄妙又神奇。

而作为阴极的女性来说，对于大到整个人类、整个世界，小到一个家庭，所起的作用都不言而喻。

我们总是说"祖国啊，我的母亲"，就是因为它繁衍了华夏儿女，中华子孙。黄河也被称为"母亲河"，因为它滔滔汤汤，从古流到今，华夏儿女就是从黄河流域繁衍生息，流布世界。

可是自古以来，男人与女人的地位便不平等。

西方的基督教说夏娃是由上帝取了亚当的一根肋骨造出来的，所以女人是男人骨中的骨、肉中的肉，是男性的附属品；而印度的佛教经典中，人若积善，便可得奖赏，以后转世得脱女子身；中国古代更是讲究女子要三从四德，男子可以三妻四妾，女子必须守贞如一。朱元璋更是说"我若不是妇人生，天下妇人都杀尽"。

时代向前迈进，思想不断更新，女性越来越体现出她存在的必要性和重要性。如果说过去女子确实是男性的附庸，那么现在男人能做的事，女人照样能做，还能做得更好；过去男人顶着整个天空，现在男人和女人平分天下的同时，女人顶起的恐怕不止一半天空。每个女性都既肩负着社会的责任，又承担着家庭的责任；一方面在社会上奋斗、打拼，一方面为人女、为人妻、为人母，给一家人创造稳定和谐的生活环境。

那么，一个有着良好素质的女性，就决定着一个家庭的品质；一群有着良好修养的女性，就决定着一个社会的品质；所有有着良好修养的女性，就决定着整个世界的品质。所以，女性的角色越来越重要，而如何成为一个优秀的女性，就成了每个女人从小到大的必修课。

《飘》是美国著名的长篇小说，里面有两个顶级的好妻子、好母亲：一个是女主人公斯佳丽的母亲艾伦，一个是斯佳丽的小姑子兼情敌玫兰妮——斯佳丽的已故前夫是玫兰妮的亲哥哥，而玫兰妮的丈夫阿希礼则一直被斯佳丽深爱着。

艾伦是一个冷静、自持、不苟言笑的美丽中年妇人，在丈夫的背后，默默地支持他的事业，努力地经营着偌大的庄园，无论对奴仆、儿女还是邻居都十分和善，不论是贫是病，都竭尽所能去帮助；而她对待丈夫的态度永远是那么的谦逊、和蔼、体贴入微。

玫兰妮也是如此。

所以，斯佳丽的父亲老奥哈拉农场主在外边永远是那么神采飞扬，那么自信满满；玫兰妮的丈夫阿希礼是一个冷静、理智的人，和平时期爱好读书和游历，而战争一起，马上拿起枪投入战斗，他好像永远有面对任何困境的勇气，所以赢得了所有人的尊敬和爱戴。

南北大战爆发，斯佳

丽的母亲因为看护两个得了伤寒病的女儿一病不起，不幸去世。于是，当斯佳丽长途跋涉，带着刚刚生产的玫兰妮穿越兵火来到家门前，看到的，就是一个孤独、痴呆的老头。

而玫兰妮的丈夫阿希礼，战争结束后，他的农场不在了，优渥的生活没有了，他只好带着妻子和儿子依附着斯佳丽生活，唯一的用处似乎就是穿着破破烂烂的衣服劈木柴。而玫兰妮呢，一边协助斯佳丽经营庄园，一边快乐地带着儿子在后院里蹦蹦跳跳做游戏，她的脸色苍白，身材像个发育不良的小孩。所以，一个饱经世事的老太太说："要是威尔克斯一家人能顺利渡过眼前这难关，他们靠的是玫兰妮，而不是阿希礼……你母亲要是还活着，她也会这样做……"

可是，玫兰妮也死了。死之前，她把儿子和丈夫都托付给了斯佳丽，因为"阿希礼——不能干"，所以，"照顾他，不过——千万别让他知道。"

照顾一个男人的职责，就这样从一个女人肩上，转到另一个女人肩上。

你看，这部书里面的这两个女性，就是这么的美好，都是这么的美好。

而整部书的女主角斯佳丽，未谙世事时过着幸福的日子，暗恋着阿希礼，当战争来临，她面临着无穷的艰难困苦，用瘦弱的肩膀保护着她的土地和家园。

她们都让人敬佩。她们经历不同、个性迥异，但是，那种柔韧、坚强的美好特质，焕发着人性的光辉。

不光是外国，在中国，这样美好的女性也比比皆是。

三国时期，曹操的第二任妻子卞氏，她的出身并不好，不但不是大家闺秀，而且连平常人家都不如，出身倡家。我们通常说的倡，其实就是卖艺的，当然了，如果你艺卖得好，人又长得漂亮，大官大款想包养你，那你就自然而然转成娼了，这中间的界限很模糊。

在那个格外讲门第出身的时代，倡优之家连平民都算不上，应该算是贱民，曹操却封她为皇后。因为她做得确实很好，值得这个称号。

因为国库里的银子不多，所以她就减少自己的开销，吃饭也吃得俭省，用的那些金银器皿也都不要了，换成粗陶粗铁的；曹植是她的小儿子，平时最得宠爱，后来曹植犯法，曹丕就派人去问她该怎么办，结果她说国有国法，家有家规，不能因为我把国法给破坏了；见到娘家的亲戚，就告诫他们过日子要节俭，不要老是等着赏赐，你们也不要犯法，你们犯了法找我求情是肯定没用的，给你们来个罪加一等倒是绝对；她的亲儿子曹丕当上太子，手下的人向她道贺，她却很淡然地说我没有把孩子教坏就心满意足了，可不敢居什么功。

所以说，卞夫人是贤内助的典范。她出身很贫贱，但是做事不卑贱；出身没有尊严，不过她把自己活得很有尊严。

我刚搬家进城的时候，我的邻居才三十来岁，丈夫就不幸车祸去世，到现在已经十几年过去，她不但独立抚养大了一双儿女，而且永远把自己收拾得精精神神、利利索索，跟人说话也永远那么亲切、和气，好像天底下没有愁事，好像什么都在她那里不是难关，不是问题。眼见得她年龄越大，整个人就越像一块水晶，越来越通透、莹洁。

这些古今中外的女人们，她们顺境不骄，逆境不馁，不但把身边的男子养护成顶天立地的男子汉，更有无穷的勇气面对风霜雨雪的岁月。看起来，她们好像总比男人懂事早一些。

第二节
"七"和"八"的区别

女性本来就比男性早熟一步，这一点在《黄帝内经》中早有论述。

《黄帝内经》是我国现存最早的中医理论著作，约成书于战国时期，是一部研究人的生理学、病理学、诊断学、治疗原则和药物学的医学巨著。在这本书里面，提到这两个很有意义的数字：七和八。

帝曰："人年老而无子者，材力尽耶，将天数然也。"

岐伯曰："女子七岁，肾气盛，齿更发长；二七而天癸至，任脉通，太冲脉盛，月事以时下，故有子；三七，肾气平均，故真牙

生而长极；四七，筋骨坚，发长极，身体盛壮；五七，阳明脉衰，面始焦，发始堕；六七,三阳脉衰于上，面皆焦，发始白；七七，任脉虚，太冲脉衰少，天癸竭，地道不通，故形坏而无子也。

丈夫八岁，肾气实，发长齿更；二八，肾气盛，天癸至，精气溢写，阴阳和，故能有子；三八，肾气平均，筋骨劲强，故真牙生而长极；四八，筋骨隆盛，肌肉满壮；五八，肾气衰，发堕齿槁；六八，阳气衰竭于上，面焦，发鬓颁白；七八，肝气衰，筋不能动，天癸竭，精少，肾藏衰，形体皆极；八八，则齿发去。肾者主水，受五藏六府之精而藏之，故五藏盛，乃能写。今五藏皆衰，筋骨解堕，天癸尽矣。故发鬓白，身体重，行步不正，而无子耳。"

它的意思是：

黄帝问道："人年老以后就不能够继续生育子女的原因，是由于肾精衰竭了呢？还是由于身体生长变化规律中的定数就是这样呢？"

岐伯回答说："女子长到 7 岁的时候，肾气已经充盈，所以牙齿开始更换，头发开始旺长；长到 14 岁的时候，天癸就发育成熟了，任脉也贯通了，冲脉旺盛运行，月经按时来到，所以能够生育；到了 21 岁的时候，肾气充盈，所以智齿随之长出，身体也发育到了顶点；到了 28 岁的时候，筋骨已很坚实，头发的生长则达到了顶点，身体最为强健；到了 35 岁的时候，阳明经脉首先转衰，随之是面部开始干枯，头发开始脱落；到了 42 岁的时候，三阳经脉从头、面部开始转衰，面部完全变得干枯无光，头发开始变白；到了 49 岁的时候，任脉已经空虚，冲脉也已转衰而血气无多，天癸则完全枯竭，月经随之停闭而不再来潮，所以就使得身体完全衰老而不能再生育了。

男子在长到 8 岁的时候，肾气已经充实，所以头发开始旺长，牙齿开始更换；长到 16 岁的时候，肾气已很旺盛，天癸随之发育成熟，精气充盈而开始排精。这时如果与女子交媾，就能够生育子女；到了 24 岁的时候，肾气已很盈满，筋骨刚劲有力，所以智齿随之长出，身体也发育到了顶点；到了 32 岁的时候，筋骨最为强健，肌肉则丰满而壮实；到了 40 岁的时候，肾气由盛转衰，所以头发开始脱落，牙齿开始干枯；到了 48 岁的时候，阳气从头面部开始衰竭，所以面部完全失去光泽，鬓发也变得斑白；到了 56 岁的时候，肝气开始转衰，筋脉随之不能活动自如；又天癸已经枯竭，阴精所剩不多，于是肾脏的功能也开始转衰。这时，男子的身体可谓全面地由盛转衰了；到了 64 岁的时候，牙齿和头发就全都脱落了。人的肾脏，是主管水液的器官，它受纳并藏守五脏六腑的精气。所以，五脏的机能都很旺盛，肾脏才能产生并排出精液。如果五脏的机能都已衰退，筋骨也已日趋困顿懒散、倦怠无力，天癸就会枯竭；也因此就会鬓发变白、身体沉重、行走不稳，终于不能生育子女了。"

按照这个说法，女性以"七"为周期，男性则以"八"为周期，整个生命力是螺旋式地上升到顶点之后，又螺旋式地下降。所以，女性的确比男性更早成熟。

那么，就女性而言，怎样让自己的一生开成一朵完美的大花，度过一生完美的岁月，就一定要对这个"七"有一个明确的概念和认知。

打个比方来说，女性的一生，好比一个两头尖、中间圆的枣核。

0～7岁，小生命好比一小滴生命的甘露，生机肇始，鲜香甘美。

8～14岁，女孩的生命力渐渐勃发，扩展，爱美之心渐渐萌芽。这个年龄的小女孩，渐渐明白了男孩和女孩的区别，渐渐懂得了害羞，动不动就像含羞草的叶子，指尖一触，就会倏地把自己合起来，带笑跑开，却又"倚门回首，却把青梅嗅"。此时的她们，本身就像那将熟未熟的青梅。

15～21岁，生命力继续扩展，青春期的张扬盛放如同一朵大花，"啪！"一下子展开，明艳耀眼，惊

动岁月。这个年龄段的女子，眉目如画，青春无敌。不过这个时候要开始注意修炼自己的内在气质，不然青春的美丽到底抵不过有些浅薄的底子，最终只会让一朵花老在岁月里，那就是时光给自己的最大的哀悯和讽刺。

22～28岁，此时，女子尝到了爱情的真正滋味。它是酸的，如同三春杏子；它是甜的，如琼浆甘醴；它是苦的，搅动得心田成一片苦海；它是辣的，辣得人眼里流泪。它的万千滋味一味倾注进女孩的心里，既丰富了她的人生阅历，也提升了她的心智。此时她就好像一颗长在枝头的桃子，芬芳、甜蜜、诱人采撷。

29～35岁，女性的生命力扩展到了顶峰。她是青春的，有青春的姣好妩媚；她是成熟的，有少妇的成熟风韵；她读书、品茶、游历、赏花，整个人如同一本书，刚开始也许只写一些伤春悲秋的诗词，后来越来越能写出灵性至上的美好文字。说这段时间是女性最美好的年华，一点都不为过。

36～42岁，女性的生命力在肉眼不可见的状态下开始渐渐收缩，头发也出现了几根银丝，揽镜自照，难免感慨红颜易逝。可是，这并不是坏事。当年的冲天壮志如今已经在现实的打磨下，渐渐收敛，内心的躁动开始平息，而心智越来越拓展它的生存范围。虽然古人说"四十不惑"，可是对于女性来说，从35岁起，即已经开始缓缓步入清明不惑的好时节。此时能够及时调整心态的话，收获的则不只是健康，更有精神世界的意外之喜。

43～49岁，生命力继续呈现收缩状态，那一心追求外在事业的野心逐渐收缩，一心向外扩张地盘的野心也逐渐收缩，视角从外而内，更加关注内心生活的阴晴雨雪。也许她以前是追求容颜的美好，如今，她追求的是内心的丰富；也许她以前是追求财富的累积，如今，你追求的是智慧的充实。同时，这也是女性一个很重要的生理阶段：更年期，所以，修心养性成了最重要的课题，而在这个过程中，如果修养到位，她的脸上会越来越散发着圣洁的光辉。

50～56岁，此时的女性看似渐入老境，可是，一个有着优雅胸怀的女人，颓唐和颓废不会俘虏她，她可以在充实享受现实生活的平静与美好的同时，不但憧憬，而且开始着手拟订一个完美的退休计划。

57～63岁，真真正正的"夕阳红"正张开双臂，迎接她的到来。这是一段如假包换的黄金岁月，钻石人生。少时渴望的梦想，如今已经实现；打拼已过，如今，可以享受平静岁月，沉思生命本质，从琐碎的生活中超拔精神境界！

64～70岁，女性此时需要面对的是生死大事，就像王羲之在《兰亭序》里说的，"死生亦大矣"。内心的修为到了此时，才真正显出了它的必要性和前瞻性。多年修炼，就在于能够平平顺顺、从从容容地面对生死，就好比一条小溪汇入大海，一滴朝露回归天空……

此后的岁月中，女性的生命就是这样逐渐再次收缩成一滴纯净的生命之露，从生命的源头而来，再回到生命的源头而去。一生回顾，年华不曾虚掷，是最值得欣慰的事。

经典岁月，锦绣华年，女性的美好人生，由"七"开始。

第二章

小荷才露尖尖角：
一个美妙的小生命从诞生到14岁的历程

小女孩降生世间，呱呱而啼，她的降生为家人带来欣悦的同时，也为父母带来担忧和劳碌。教养一个女孩长大的过程是艰辛的，需要时时小心，刻刻在意。但是，为她所做的一切，又都是值得的。年轻的父母们，你们甜蜜的负担，来了！

第一节
原生家庭是小荷生长的一池碧水

幼儿初生，一片混沌，越长越大，混沌渐开，到5～7岁的时候，渐渐知道了什么是对，什么是错，什么是好，什么是不好，但从实质上来说，对事物的分辨性还不强。随着岁月的成长，女孩步入了8～14岁的人生第二个生理周期阶段，这个年龄段的女孩，内心世界愈发丰富，性格大多由畏缩、内敛向活泼开朗而转化，对环境也比较敏感。可以说，这个年龄段是孩子认知形成的关键阶段，在这个阶段里，孩子的人生观、价值观正在渐渐形成，尤其是女孩，就好比一枝幼荷，正在悄悄探出水面，对着旖旎世界张开好奇的双眼，根却扎在深深的碧水里面。

那汪碧水，就是养育小荷成长的原生家庭。

所谓原生家庭，即父母的家庭，就是孩子在自己长大成人、组建新家庭之前，那个生于斯长于斯的家庭。它就好比是给孩子预置的一个模型，让孩子通过观摩父母等亲人们的价值观和相处模式，来形成自己的价值观和人际交往方式。

美国著名"家庭治疗大师"萨提亚认为，一个人和他的原生家庭有着千丝万缕的联系，而这种联系有可能影响他的一生。事实也

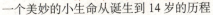

的确如此，所以身为父母，一定要对于原生家庭的重要意义有明确的认知。尤其是女孩，天生的模仿能力较强，心思又纤细敏感，所以父母的许多行为都会对她造成十分深刻的影响。

一本书里面提到一个三口之家：一对夫妻带着一个 13 岁的小女孩，以开小餐馆维生。当客人来到的时候，店主——也就是男主人，不断地斥责小女孩没眼色，他越骂女孩越慌乱，给客人上餐的时候越容易出错，甚至会把客人的水杯撞翻。然后做母亲的就也大发脾气，冲过来对女孩再次大加训斥，把她猛推到一边，之后向客人道歉，说："这丫头太笨手笨脚。"

于是小女孩也忍无可忍，抓起饼砸她的妈妈，没有打中，却打碎了一件瓷器。这下子店主又开始怒吼，把小女孩吓得逃出餐厅。

在这个例子里面，小女孩就是原生家庭心理暴力的典型受害者。她长年处在父母的高压之下，心理紧张、举动瑟缩，被逼得忍无可忍时，就有样学样地也企图采用暴力方式解决问题——可惜只能是徒劳无功。那么，她长大之后，也许就会原封不动地复制她所遭受的一切，如果她也有了孩子，也许就会轮到她的孩子重蹈她当年的悲剧。

实际上，她的父母在各自的原生家庭里，未必没有遭受过同样的创伤，没有被同样粗暴的父母支配过。精神暴力就这么通过原生家庭的方式，代代沿袭。

我的原生家庭的构成是这样的：

父亲：农民，他 8 岁死了父亲，被寡母一手带大。在旧时的农

村，这样的家庭生活是很困难的，举动唯有小心谨慎，平时更以吃亏忍让为先，所以我的父亲也就形成老实巴交的性格。在生产队里年年都是队长，别的社员偷懒耍滑不干活，他就把别人的活一块儿干了。为这，没少挨我母亲的骂。

母亲：农村妇女，她6岁死了母亲，也是个命苦的孩子，不过上面还有一个姐姐和两个哥哥，而且父亲很疼她，所以她平时受的关爱还是较多的。因为别的亲人怜她年幼失母，事事迁就，所以就养成了她比较娇纵的性格。

于是，在我原生家庭里面，就形成了这样的氛围：母亲权威，父亲附从；母亲发脾气，父亲保持沉默。所以我们家通常只是母亲高门大嗓地训父亲、训哥哥、训我，父亲在一旁一言不发地抽闷烟。

而我在原生家庭里的感受就是冰火两重天：一边是父亲的百般溺爱——我任性的性格就是由此造成的；一边是母亲的狂暴尖刻——她在对母爱没有印象的时候就失去了母亲，所以对于如何做一个母亲没有原版可依，一切都由着自己的性子来，疼爱我的时候就十分疼爱，训斥起我来就把我吓得晕头转向，跟那个店主的女儿的感受差不多。

那么，家有幼女的父母，应该怎样给孩子营造良好的原生家庭环境呢？身为做父母的应注意说话不要吵着说、骂着说、抱怨着说，而是平静地说、欢悦地说、理直气壮地说、光明正大地说，让孩子看到语言表达的良性作用。身为父母，一定要学会剥除伪装，做真实的自己，既讲原则，又有底线，对别人既不吹毛求疵，又不一味忍让，在面对大是大非的时候，更不会混淆黑白。这样孩子在未来的日子里，才不会去压抑自己的本性，而努力去做真实的自己，才不会自我迷失，染上各种各样的心理疾病。

如果能够做到这几点，原生家庭基本上就能够为女孩的成长营造和平、安稳、快乐、健康的生长环境了。

除此之外，原生家庭还有两项不可或缺的任务：

其一，就是要从小教育女孩懂得仪表美。

我的一个邻居小女孩，大概六七岁的模样，长得蛮漂亮，大大的眼睛长睫毛，可就是不喜欢讲究卫生，洗手只洗手指头，洗脸只洗大鼻梁，耳朵后边脏脏的，指甲缝里一层黑泥。据她妈妈讲，抓她洗澡跟抓鱼似的，累人一身汗。穿的衣服很漂亮，就是一转眼就给泥一身土一身地弄脏。

我去她家串门，发现问题的根源。

当时妈妈正在批评女儿不讲卫生，不洗手就吃饭，爸爸在一边不以为然地发表意见了："不干不净，吃了没病！"妈妈翻个白眼瞅瞅他："你一个大男人不怕啥，咱家萌萌可是小公主，脏兮兮的多难看！"然后小萌萌的奶奶就登场了，说："嗨，就现在穷讲究多，你们小的时候，谁对你们要求这么严格过，不都长这么大了？"

于是对于小萌萌的"饭前便后要洗手"的教育，就"流产"在家庭成员分歧百出的争议上。这个叫萌萌的小孩转动着一双黑白分明的大眼睛，一看就鬼精鬼精，看爸爸和奶奶都支持自己，干脆连筷子也不拿了，用手抓起菜碗里一块肉就吃，一边吃还一边胜利地笑。

其二，就是要对孩子实行到位、细致的文明礼貌教育。

要想让女孩讲文明、懂礼貌，首先要检查一下自己在这方面做得是否到位：

大家在一起吃饭，别人给你倒水时，你是干看着，还是用手扶一扶，以示礼貌；或是手指轻叩桌面表示谢意？和人碰杯的时候，假如对方是你的长辈，或是领导，你的杯子是不是低于对方？你给人递水递饭的时候，是双手，还是单手？吃了退席的时候，你是自顾自走自己的，还是一一握手告别，微笑再见？

别人在你面前抽烟的时候，你是微笑着提示对方一句，还是嫌恶地逃出去，或者拿手拼命在鼻子面前扇？和人说话的时候，你是喜欢称赞对方的优点，还是喜欢取笑对方的缺点？当别人和你说话的时候，你会不会贸然打断，自顾自说自己的，或者是只管自己做事，不听对方说些什么，只是敷衍了事地"嗯嗯嗯，啊啊啊"；或者会穷追不舍地问对方婚否、工资几何、有几处房子？

你在站立的时候，身姿挺不挺直？就座的时候，两条腿是优雅地交叠在一起，还是大大咧咧地叉开？打电话的时候，你第一句话是"喂，您好"，还是粗声粗气地说一句"你找谁"？走在街上，你会不会随手乱扔东西？你买东西时有没有蛮横无理地插过队？出席比较庄重的场合，你是否把自己的仪表修整得干净、整洁？和 A 握手时，你的眼光有没有越过 A，看向 B，甚至直接把手抽出来，热情地向着 B 迎过去？平时是否守时、守信？待人是否真诚友善，是否理解宽容？

然后，就可以有的放矢，一步一步地教会孩子怎样做到真正的文明礼貌了。

我们的女儿都是小公主，在家里备受疼宠，要东不给西，要狗不给鸡，所以很容易养就"娇"、"骄"二字。"娇"的意思就是别说让她去夸赞别人了，一看到别人受夸赞她就先受不了，好像被人夺走了关注度；"骄"的意思则是我的东西凭什么要给你！于是就走到哪里都会碰壁。所以，所谓的文明礼貌，也不过就是尽量让女孩回避开这两个字，多夸别人，多给予，别人会把慷慨和善良的美德光环罩在咱的女孩的头上，让她感觉自己像一个美丽的小天使——于是，她就能够真的长成一个美丽的天使。

以上种种，皆是原生家庭教养女孩的关键所在。如果能够让整个家庭氛围变得平静、快乐，真实、坦诚，清洁、和谐，即使对于打拼的成年人，也是非常理想的可以休憩疲惫身心的大后方，而对于 14 岁之前的这枝幼嫩的小荷来说，它就真的变成了一泓柔和、宁静、美丽的碧水，我们的孩子在这汪碧水里日长日大，日生日妍，自内而外散发着美好的光辉。

第二节

情商如芽，家如根

几年前，中午下班的路上，有一个从白洋淀来的摊贩卖河虾，河虾个头挺大，很诱人。老父亲喜欢吃虾，我就给他买了一斤，高高兴兴地拎回去，结果我的母亲以颇不乐意的口气说：我以前炒的虾都是小的，谁知道这大的怎么吃！搞得我非常不高兴。

像这样的例子很多，也就是说，我的母亲是一个不知道怎么领别人的情的人。

由她这件事，我又想起二十年前，我和男友谈恋爱，男友发现我喜欢紫色，就给我买了一个深紫色的发卡，我居然跟他说："我不喜欢深紫色，我喜欢浅紫色。你买的时候也不问问我。"搞得他很尴尬。你看，我也不知道怎么领别人的情。

由于我的母亲情商不高，所以我的情商没有经过有意识的培养，也就很那啥。

情商（EQ），又称情绪智力，是心理学家们提出的与智力和智商相对应的概念。它主要是指人在情绪、情感、意志、耐受挫折等方面的品质。美国哈佛大学心理学博士丹尼尔·戈尔曼通过科学论证得出结论：智商最重要的传统观念是不准确的，情商才是人类最重要的生存能力。人生的成就至多 20% 可归诸于智商，另外 80% 则要受其他因素，尤其是情商的影响；而它与先天的关系不大，与后天培养息息相关。

因为情商低，不知道怎么跟人打交道，读小学的时候，大约十一二岁，同学不经我同意拿走我的课外书去看，我就直眉瞪眼跟人家索要，那同学就非常生气地把书扔还给我。这种低情商甚至一直延续到读大学，当时，我是班里的生活委员，结果有一次班里组织春游，我怕晕车，就提早坐到了靠窗的位置，引起同学们的不满，说身为班干部竟然这么自私。事前我竟然没有想到要向同学们解释原因，事后也没有想到，就那么让这个"自私"的标签一直背在自己背上。

如果能够从小就得到来自父母的有意识的情商培养，这样的事情不就完全可以避免了吗？所以"情商如芽家如根"这句话一点都不假。

高情商的人很了不起，对外尊重别人，对自己则有清醒的认知，于人于己都能够友好和谐相处，既不会随便和别人燃起战火，也不会学《射雕英雄传》里的老顽童，和自己玩左右手互搏，还打得挺上劲。低情商的人就不成了，对别人不是严重依赖就是躲得八丈远，自己钻进一个小角落。对自己则走两极：不是自满自大，就是自卑自鄙；要不就一会儿自满自大，觉得撬起地球也不在话下，一会儿又自卑自鄙，觉得活着一点价值都没有。

几年前吧，我们本地发生一起恶性事件：一个男生因为被一个女生纠缠，不知如何摆脱，就干脆把女生杀了，尸体推入深井。在这起事件里面，两个孩子的情商都不算高。男孩不知道怎么和这个女孩有效沟通，所以才做出这么一个昏头的决定；女孩也不知道怎么和这个男孩有效沟通，结果导致了血的悲剧。这是多大的教训！

有一份 22 个城市的调查报告，上面显示我国的中学生里面，有各种心理问题的比例占到 15% ～ 20%，像和父母的关系紧张啦，和伙伴的关系紧张啦，如此等等。这些都反映了中学生的低情商的现状。而中学生的低情商现状，又间接反映了身为父母，一味重视孩子的智商培养，忽略孩子的情商培养的现状。

所以，为了避免咱们的小孩长大后陷入低情商的窘境，一定要从小狠抓"情商"培养。身为小公主的父母，言行都要慎之又慎，不能高兴了搂着孩子叫"宝贝"，不高兴了把孩子一推八丈远，嘴里还说着"死远点"！这么玩下来，保准你的孩子也跟你一样，一忽儿兴奋，一忽儿冷漠，一忽儿温柔，一忽儿粗暴，跟人难相处得很。

另外，还要教会孩子去自主掌控情绪。第一，教孩子制怒；第二，教孩子释怨。

当孩子愤怒的时候，告诉她不妨把眼前的事暂时搁置一下，鼓励她去和自己要好的小朋友玩一玩，聊聊天。聊天的过程，就是一个减轻愤怒的过程，就像一个皮球，缓慢放气，渐渐地头脑就冷静下来了。要是小朋友不在家，只能自己排解，怎么办？出去散散步，或者听听音乐、读读书，总之暂时把自己的注意力转移开，让头脑冷静下来。要不然就做一个有趣的想象：想象自己的愤怒情绪就像一个气球，漂在你的面前，你拿针一戳它，"啪！"爆掉了，愤怒烟消云散。多好玩。

8 ～ 14 岁这个人生第二个螺旋周期的女孩，她的心情相对还显稚嫩，所以遇不如意的情形就容易抱怨。

当孩子抱怨的时候，告诉她，如果你一味抱怨，不满情绪就会越聚越多，像一堵厚墙一样挡在你的面前，让你看不到大片开满鲜花的原野。所以，不要怨天尤人，也不去怨天尤己，与其抱怨天抱怨地，不如行动起来改变现状。被教导的次数多了，孩子在遇到自己想要抱怨的情境的时候，就会主动寻找解决之道了。

教会这个年龄段的孩子游刃有余地对付这两种坏情绪后，下一步的工作，就是教她们怎么和人交流沟通了。

小时候看电影，银幕上的外国人动不动就说"请""谢谢""对不起"，底下一帮小孩就指着他们哈哈笑，连大人也不屑一顾，一撇嘴，说那样多生分！哪像咱们，合穿一条裤子还嫌裤腿儿松。

现在人们都明白了，人都是有自己的私人空间的，再怎样深厚的情谊，也不能毫不客气，甚至侵吞对方的私人空间。记得有一回，我一个同事感冒了，却一点也不知道避忌，拿起她一个朋友的杯子就喝，朋友说你怎么这样啊，也不怕传染别人？她就说："嗨，咱俩什么关系，你还怕我传染给你？"结果她的朋友黑着脸把杯子里的水"哗"一倒……

这个同事的做法就是情商不足，没有划定人与人之间恰当的心理界限。所以身为父母，一定要教孩子尊重别人，而且这种教育宜早不宜晚，最迟也要从这个周期开始。我从小就教孩子学会说敬语，结果她读高中的时候，住校，我给她打电话，她嘴里"请"、"谢谢"不离口，被她的室友嘲为我们娘儿俩相敬如宾，太生分。其实这不是生分，这就是在尊重别人，别管那个人是不是你的娘亲。这样的行为模式形成习惯，在和人交往的时候，就会减少许多不必要的摩擦。

当然了，光一味尊重别人也不算高情商。成了软柿子一枚，相信也不是当爹妈的所喜闻乐见的。如果我们的小孩被人冒犯了，怎么办？

好办！教她能忍则忍，忍无可忍则无须再忍。即使是 8 ～ 14 岁的小女孩，也是有脾气的！

《红楼梦》里有一出戏，说的是有一次，宝玉和黛玉闹脾气，宝玉负荆请罪，二人和好，和大家一起看戏。宝玉出言无状，说宝钗"体丰怯热"，就是说人家胖呗，结果得罪了宝钗。宝钗忍下来没发作，结果因黛玉一向不待见宝钗，就也想凑热闹，跟着调侃讽刺两句，就找个由头问宝钗前日看了一出什么戏，宝钗说："我看的是李逵骂了宋江，后来又赔不是。"宝玉便笑道："姐姐通今博古，色色都知道，怎么连这一出戏的名字也不知道，就说了这么一串子。这叫《负荆请罪》。"宝钗笑道："原来这叫作《负荆请罪》！你们通今博古，才知道'负荆请罪'，我不知道什么是'负荆请罪'！"宝钗一下子就把矛头对准了宝黛二人，这二位的脸哗一下就红了。这么一来，宝玉和黛玉怎么还敢再冒犯她？

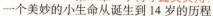

　　当然了，她一看这俩人挺不好意思，也就一笑收住。所以说宝钗的情商就十分之高。别看她平时平和稳重，那也是浑身长刺的主儿，第一次被冒犯，我忍；第二次被冒犯，我再忍；第三次被冒犯，忍无可忍，呼一下就把刺给竖起来了，还扎得人挺疼；然后当别人领教了她的厉害，又把刺收回来，重新变得温和无害。这样尊严也维护了，宽宏大度的个人形象也树立起来了，一举两得，何乐而不为呢？

　　一个同事的小女儿，大约十来岁的样子，因为长得瘦弱，又轻声细语，在学校里被大孩子欺负，要钱不给就打耳光。第一次孩子告诉了妈妈，妈妈找了老师，老师把大孩子骂了一顿；第二天孩子被欺负得更狠，而且还不敢告诉妈妈。妈妈给女儿洗澡的时候发现女儿胳膊一片青，细问才知道是被打的，气爆了，告诉孩子："妈妈明天就带你找学校，学校不管我就往上告，非得把这事给曝光不可。女儿你也要记住，她再欺负你，你就一分钱不给，直接去找校长。校长不敢不管！做人不能太刁蛮，可是也不能太软弱。"孩子含泪点点头。第二天那个大孩子又逮住她要钱，她坚决地说："你要钱我也不会给你的。你再欺负我我就告诉校长。我妈妈已经知道这事了，你打死我，我妈妈会把你告进监狱。"那个大孩子悻悻地住了手。

　　虽然这样的事情是个案，但是做父母的养育孩子本就十分耗费心力，尤其是小公主的爸爸妈妈，那更不是容易当的差使，每走一步都要三思再三思，凡事想在头里。

　　现代社会，人与人之间的交往越来越频繁，万不可对"情商"

二字掉以轻心，觉得可有可无，只要成绩好，一切就都好。我们的目标可是超越成绩之上的，那是要让我们的小公主在竞争十分激烈的社会里，能够进退有致，收放有度，独处时情绪平和稳定，和人相处时又能够理智、清明。

第三节
女孩是花不是草

女孩像鲜花，男孩像绿草。那么，就性别角色来说，当然是花就要像花样，是草就要像草样。父母对女孩的教养方式，也就是要把她教养成一朵鲜嫩欲滴的鲜花，从内到外都美丽优雅，千万别把她养成一根支支楞楞的绿草，那多煞风景啊。

所以，家有小女的父母，先得要在脑子里绷上一根弦：女孩是花不是草。

这朵花的培养是从刚一出生就开始的。

在欧洲，只要一看新生儿的襁褓里是粉毯，人们就知道毯子里面铁定睡着一个小公主。因为父母是在有意而为之：小婴儿初生，并没有什么性别意识，但是如果能够从出生开始就穿粉红色系的衣服，用粉色系的用品，就能让她感到"这种颜色属于我"；而各式各样的裙子，比如纱裙啊，泡泡裙啊，蛋糕裙啊，公主裙啊，摇

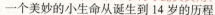

曳的裙摆又能够让女孩子从小就潜移默化地变得如水一般温柔。就是在洗澡的时候，欧洲的妈妈也坚持给女孩洗澡，为的是让孩子知道，瞧，你是和妈妈一样的——这是孩子最早了解人体和性别的启蒙教育方式了。

为什么芭比娃娃，甚至其周边产品，诸如服装啊，发卡啊，小房子啊，会在国外大行其道？那是因为在给小女孩准备玩具的时候，国外的父母通常就是给她准备各式各样的洋娃娃——当你看着她和洋娃娃说话，给洋娃娃梳头、洗澡，甚至尝试着做小衣服，甚至摆上一桌家家酒，和洋娃娃共享天伦之乐，你看到的，是一个多么可爱的小妈妈啊。

在这方面，我国的小公主的国王和王后的意识相对就薄弱得多，反正小孩刚生下来啥也不知道，这么一个不吃就睡，不睡就哭的小人儿，我爱怎么打扮她就怎么打扮她！于是，那些想要男孩，可是又只能"只生一个好"的父母，就开始给女孩理短发，穿牛仔，买冲锋枪，美其名曰：像男孩好，在社会上吃得开！

问题是，你现在把她当"草"养，等她长大了，说不定个人兴趣、职业选择都会出现偏差，严重的还会出现性别意识的错位，到时候再后悔就晚了。我教书的时候，隔壁班的学生里就有一个"假小子"，她妈妈从小把她当小子养，给她理短短的头发，一年四季没见她穿过裙子。说话粗声粗气的——其实她的声音并不粗，就是语气粗得吓人。她的班主任是一个年轻的男老师，有一天向我诉苦："我们班上的小花揪着男生课间打架，打得乌烟瘴气的，我想拉开她，可是她就是薅着男生的脖领子不松手。我问她怎么回事，她大叫'他骂我外阴瘙痒月经不调'！"这个老师自己倒先闹了个大红脸，勒令男孩赔礼道歉后，女孩子仍旧一副不管不顾、不依不饶的"二虎"样，老师抚额：真不乖……

你看，这就是性别错位造成的后果。

所以，要想让女孩如花，先要让女孩从幼年时期，外形上就开始像一朵鲜花：多穿裙子和缀花边的衣服，多穿粉色的、红色的、橘黄的衣服，多留长发、中发。

然后，在孩子初初懂事，8～14岁的年龄段，就要开始让女孩在言谈举止和内在气质上加以修炼，做一个如花般优雅的淑女。

怎么才算是举止优雅的如花女孩呢？

如果一个女孩，别人说话你走神，然后再问人家："啊？你说什么？"铁定会让人觉得你这人不尊重人，很讨厌。

如果一个女孩对某件事、某个人、某种现象随随便便就说"我知道，是这么回事"，然后吧啦吧啦，唾沫横飞，说个没完，又会让人觉得你爱吹牛，很轻率。

当有人谈论电子产品或者其他你不感兴趣的话题的时候，你就打个呵欠，说："这有什么好玩的，逛街买衣服才好玩呢！"让人想不对你在心里翻白眼都难。

你在大庭广众之下狂笑、乱抖、举动轻佻……

这些，都不在优雅淑女的范畴之内。

真正的淑女，是仪表整洁，既不会不修边幅，也不会奇装异服。

真正的优雅，是坐有坐相，站有站相，既不会坐着的时候两腿的角度岔得开开的，站着的时候狂抖腿，也不会走路的时候一扭十八道弯，恨不得把腰给扭断。

真正的淑女，是待人接物彬彬有礼、不卑不亢。

真正的优雅，绝不会"呼噜呼噜"大口喝汤，或者吃东西把嘴巴"吧唧"得山响。

真正的淑女，即使和别人有不同的意见，也不会和人脸红脖子粗地争吵。

真正的优雅，既尊老爱幼，又关心、体贴、照顾他人，绝不会对别人的困难坐视不理，隔岸观火，甚至幸灾乐祸。

真正的淑女，绝不惮于说"请"、"谢谢"、"对不起"。其实，礼貌用语的使用并不代表着感情的生分和疏远，当别人对你表示真诚的关心的时候，你表达诚挚的谢意是完全应该的；当你请别人帮你做事情的时候，说一个"请"字也是理所当然。

千言万语一句话，真正优雅的淑女，精神是独立的，头脑是智慧的，情感是灵秀的，举止是含蓄内敛的，待人是平等的，内心是大气的，她有两个关键词：一个是静，一个是雅。

身为父母，要有意识地引导第二生命周期的孩子做一些能够长养渊静之气的事，比如读书、画画、折纸、刺绣——十字绣很流行的时候，我家的墙上就挂着女儿亲手刺绣的一幅"家和万事兴"的匾。

不过，有的女孩天性活泼，性格外向。我就见过一个很皮的小女孩，大概六七岁的模样，她妈妈给她买的芭比娃娃，一转身她就把人家的头发给揪秃了；唱歌不是唱歌，而是直着嗓子大喊大叫，宣泄她旺盛的生命力和快乐；平时不爱和女孩子们玩，喜欢和男孩玩骑马打仗。

怎么办？

她的家长很绝，往孩子的兜里塞个生鸡蛋，让孩子带着它上学，带着它回家，不许碰碎。于是孩子不敢跳不敢蹦，就那么傻呆呆地原地杵着。这绝不是个好办法。倒不如多给她报舞蹈班、体育特长班、溜冰队等，让她有地方发挥她的满腔热情，来个"以动制动"。热情发挥完了，她就能静下来了，然后再教她做一些能够涵养性情的事，就容易得多。

而且，培养一个优雅的花样小淑女，最好的办法无过于春风化雨，潜移默化。孩子整天生活在自己的身边，你是什么样子，她就有样学样。不敢想象你满口粗话，孩子却能文质彬彬；你脾气暴烈，孩子却能安稳娴静；你做事冲动，孩子却能够冷静安详；你待人苛刻，待物粗暴，你的孩子却能够待人宽容，爱惜物品；你不学无术，你的孩子却能够饱读诗书。你不优雅，就没有资格要求你的孩子优雅，你自身的修养到位，小孩子自然也会逐渐学得礼貌、优雅。

在这方面，我曾经给孩子做过一个负面榜样。

孩子大约八九岁的时候，有一天，我在外边生了气，到家气还没消。吃饭时，我在饭桌上说："今天气死我了！"孩子爸爸和孩子仿佛谁也没听见，照样有说有笑。我一下子火气蹿上来，把筷子一摔，碗一推，饭也不吃了。他们一下子安静下来，孩子爸爸问我怎么回事，我没理他，躺到床上蒙上被子。

后来，这件事过去没两天，我发现孩子也开始接二连三闹脾气，动不动就筷子一摔，红着眼圈不吃饭。越劝越掉泪，最后干脆躺到床上绝食。连续几次，我意识到根源在哪里。我只顾由着性子发泄了，忽略了身边还有一双纯净的眼睛看着自己。

除此之外，家长还需注意，"优雅"还存在着这样那样的误区。

有的人自觉优雅，她的优雅却带着一种自命不凡的高傲，让人心里不舒服。上次我参加一个活动，见到一个美女，彼此认识，今天她是主角，和我同行的朋友想和她打个招呼，向她恭喜几句，没想到她却漠然地把眼睛从人家的脑袋顶上看过去，然后对着一个官员露出甜美的笑容，伸出手去，优雅地寒暄……事后，她还在庆功宴上，沾沾自喜，说你们知道吗？那个局长夸我说，今天我的穿戴优雅高贵，好像仙女。其实，这样的优雅充其量只不过是一层外皮，并没有优雅到心里，只能算是"伪优雅"。

我曾经接待过一个女性读者，在我们对话的30分钟里面，她平均三句半就会有一句，"唉，我真是小姐的身子，丫环的命！"其实刚开始我对这位读者的印象很好，身段苗条，眉目含情，楚楚动人。但是，当她反反复复强调自己是"小姐的身子"却命运不佳的时候，我就不由地开始在心里吐槽：你命苦，你有人家吃不上饭的人命苦吗？你命苦，你有路边的流浪的猫猫狗狗命苦吗？于是，原本分值还不低的"优雅"的印象分，就被这句话给一点一点扣光了。

在普鲁斯特的长篇巨著《追忆似水年华》里，出现了两个竭力装优雅的女人，可惜的是，怎么也装不像，徒然惹人发笑。

一个是一个低级沙龙的女主人维尔迪兰夫人，她的岁数已经不小了，但是却像孩子一样对着满堂宾客撒娇，为一句俏皮话而"发出一声尖叫，把她那双已经开始蒙上一层白内障的小鸟似的眼睛紧闭，突然用双手将脸捂上，严密得什么也看不见，仿佛面前出现了什么猥亵的场面或者是要闪避一个致命的打击似的"，装腔作势得令人作呕。

一个是绅士斯万的恋人奥黛特，在招待斯万的时候，请他看画在花瓶上或者绣在帐幕上的吐着火舌的龙、一束兰花的花冠，跟玉蟾蜍一起摆在壁炉架上的那匹眼睛嵌有宝石的银镶单峰驼，"一会儿假装害怕那些怪物的凶相，笑它们长得那么滑稽，一会儿又假装为花儿的妖艳而害臊，一会儿又假装忍不住要去吻一吻被她称之为'宝贝'的单峰驼和蟾蜍。"怎么看怎么矫揉造作。

作为一个淑女，她的优雅举止当是安详的，从容的，发自内心的，而不是夸张的，做作的，扭捏作态的。显然，这两位女士给搞反了。

世界上美女多，淑女少。人工可以造出美女，却不能造出淑女。一个头脑贫乏的人是当不成淑女的，一个精神萎缩、物欲横生的女子，再漂亮，再华贵，她也不是淑女。而一个精神上的淑女，她的外在形态，言行举止，也必当优雅，和内心相匹配，才能够如宝珠美椟，相得益彰。

在穿衣打扮上，她或者像百合一样洁白，或者像玫瑰一样艳丽，或者像迎春一样娇嫩，或者像玉兰一样清新，总之，她的打扮会衬托出她独有的气质，焕发出她独有的风采；在待人接物上，她会谦逊、和蔼、节制、有礼，像一朵花一样开得正正好，而绝不会鼻孔朝天，目空一切——你见过哪朵花开得得意扬扬、鼻孔朝天吗？在言谈话语上，她会运用优美、文雅的言辞，而不是粗鲁得让人不忍卒听。如果你的宝贝娇娇小公主做到以上几点，那么，你就会看到她就像一朵鲜花，在和煦的阳光下，如茵的绿草中，绽放最美丽的娇颜。

第四节
细雨清风待女孩

对待女孩，狂风骤雨是行不通的，一定要细雨清风。

有一次，我在公交车上看见一对父女，爸爸在教年幼的女儿学数学，爸爸问："1＋1等于几？"女儿就说："等于2。""那11＋11呢？"小女孩不会了，眨巴眨巴眼。爸爸看孩子答不上来，继续连珠炮一般地问："3＋5呢？8＋9呢？12＋13呢？"孩子更晕头转向了。爸爸生气地说："你怎么回事，天天学天天学，学了半天还是就会一个1＋1＝2，把别的又都给忘了，真笨！什么都学不会！"孩子的小脸涨得通红，在周围乘客的目光下低垂着头，看上去那么地尴尬、害羞、委屈、难过。

对孩子的期望值太高，恨不得让孩子什么都会，什么都出色，是万里挑一的精英、人才，一旦事实和理想有差距，就管不住自己的嘴，话横着出来，像带着倒刺的鞭子，严重挫伤孩子的自尊心、自信心，吓得孩子不知所措，真觉得自己一无是处，爹妈生养自己不如生个棒槌。在这样的氛围中长大的孩子，会有自己的主见？会有自己独立的人格？而一个没有主见，没有独立人格的人，只能过一份不快乐的人生，一份残缺的人生——这一切都始自父母的横加指责，想想都不寒而栗。

尤其是14岁之前的女孩，自尊正在一点一点成长，个性正在一步一步形成，如果被狂风暴雨或者阴风惨惨地对待，可以想见，对她的成长会是多么大的伤害。

我的邻居家有一个十二三岁的小女孩，叫嘉禾，给她妈妈起了个外号，叫"怨妈"。我问她什么意思，她说"怨妇"不是"爱抱怨的妇女"吗？我妈妈就是"爱抱怨的妈妈"。

她说，每天早晨一睁眼，她就沐浴在妈妈滔滔不绝的抱怨里面：

"你怎么还不起床？真没见过你这么懒的孩子。我要是生个勤快孩子多好，每天不用我这么操心。"

"你怎么吃饭这么慢？你妈妈我这么利索个人，结果养出你来却拖拖拉拉，真丢脸。"

"赶紧收拾收拾上学去，笔装好了没有？本子呢？唉，跟着你真是累死了，我就是操心的命，你看，累得我头发都白了。"

"怎么就考这么点儿分？你让我怎么见人？生你真不知道是我哪辈子造的孽，一点都不知道给我长脸。"

"又要买衣服？妈妈挣的钱全都给你花光了！我怎么生这么个败家子！"

……

身为父母，谁敢说自己没有抱怨过？抱怨来抱怨去，就是一心想让孩子乖，可是孩子被强行"乖"下来的后果说不定更危险。孩子一边被迫装乖，一边心里塞满愤懑，长久积聚，一旦爆发，后果我们往往承受不起。不信大家可以回忆一下那些做下震惊全国的恶性事件的年轻人的履历，当记者采访他们的周围邻居和熟人的时候，人们对这些年轻人的印象往往是"很乖，很安静，斯斯文文"……

指责和抱怨尚且如此危险，更遑论更狂野的教育方式了，比如打骂和关禁闭。

当年我教初一的时候，有一个叫谢颖的学生，和我们班的其他女生一起住在一座年久失修的宿舍楼里面。一天晚上，一个室友和她开玩笑，把一只做得很逼真的假老鼠猛然甩到她脸上，于是，让大家想象不到的情形出现了。

这个一向开朗、活泼的女孩，竟然一下子嘴唇发青，眼睛翻白——吓晕了。学生们惊惶失措，赶紧去请校医。校医赶到后忙不迭给她掐人中、灌开水、扎针，好一通折腾才把她救醒。然后，谢颖就好像变了一个人，整个人都蔫了下来，一个星期瘦了好几斤。

那个室友内疚地向她道歉，她也呆呆的没有什么反应。

实在没办法，我只好通知了她的妈妈。

她妈妈来后，看到女儿的模样，眼圈红了，把她心疼地搂在怀里，跟我讲了一件事情。

原来，她上幼儿园的时候，因为活泼好动，被一个不负责任的老师关了一次禁闭——老师把她关在一间小黑屋里整整一个下午。那间"小黑屋"就是名副其实的"小黑屋"，没有窗，黑洞洞的。才3岁的小娃娃害怕得蜷成一团。小黑屋年久失修，不知道什么时候，一只大耗子溜了出来，贼溜溜地顺着她的膝盖往上爬，小姑娘吓得失声尖叫，嗓子都喊破了，惊慌乱抓，把脸上身上挠得都是血痕。当老师终于想起她来，给她开门的时候，她已经躺在里面，昏迷不醒……

虽说幼儿园后来道了歉，还扣了那个恶劣的老师的奖金，但是，这个学生的心理却已经落下了深深的创伤。刚开始的时候，无论真老鼠、假老鼠、大老鼠、小老鼠，她一概不敢看，连个"鼠"字都不敢见。妈妈煞费苦心给她做了不少针对性的训练，比如说带她一起念"老鼠"这个词，和她一起看有关"老鼠"的电影，甚至拿着她的手一起摸画着"老鼠"的画片，渐渐的，她看起来已经脱离了这种恐惧了，没想到这次却来了一个这么大的发作。

当妈妈诉说这一切的时候，这个可怜的女孩就一直蜷缩在妈妈的怀里，她的眼泪慢慢溢出来，一点点打湿了衣裳；妈妈的声音停了，她小小的抽泣也变成号哭，像是心里装着一个大大的咸水湖，一直哭一直哭。

后来，这个孩子终究是无法继续学业，只好办理了休学，妈妈带她去北京看心理医生。但是后来据心理医生说，因为受伤太深，能不能完全根治，尚在两可之间……

这样极端的案例是一个警告，告诉家有凤凰的父母，就算我们的幼女现状无论如何都不能让自己满意，最好还是要学会等待与忍耐，温和地注视着她长大。我们的孩子是什么样，那就让她是什么样，而不是看见别人家的孩子是什么样，或者我们心目中的理想的孩子是什么样，于是就强行地把孩子也扭曲成什么样。为了达到这个目的，不择手段，拔苗助长，其结果只能是根枯苗死，事与愿违。女孩如花，需要阳光的温暖，雨露的滋养。而烈日却会把花朵晒得枯干，狂风暴雨会把花朵连根拔起。最好的方式，就是细雨清风，徐徐而来。

还有，现代社会对于女孩子的要求大多既不是古诗词中那样的"和羞走，倚门回首，却把青梅嗅"的扭扭捏捏，羞羞答答，也不是像替父从军的花木兰一样，敢提枪上马，冲锋杀敌，来一个"雄兔脚扑朔，雌兔眼迷离，双兔傍地走，安能辨我是雄雌"，判定一个优质女孩的普遍标准就是自然，展样，落落大方。

这种落落大方的素质只有温和、民主、细雨清风一样的教养方式才能培养得出来。

除此之外，还要教这个周期的孩子放平心态。8～14岁的孩子已经开始有意识地模仿大人的一举一动，对于种种举动背后的心理也加以揣摩，并且因为不懂鉴别，很可能全盘接受。如果你给孩子创造了一个良好的家境，那么千万不要教她鼻孔里出冷气，眼睛朝下看人，高傲得不知道自己几斤几两；如果你暂时没有为孩子创造一个较好的家境，那么你千万不要教她低眉顺眼，楚楚可怜，甚至摇尾乞怜。每个孩子的必修课都当是独立、自尊、心平气静，对下不骄，对上不馁。

要教孩子大方，你自己待人接物一定要先落落大方。有一天我接到一个电话，开口就问："猜猜我是谁？"我纳闷，就试着问："不好意思，请问您是？"

那人还继续说："真是的，哎呀，这都猜不出来呀，哈哈。"

我更窘了，说实在是不好意思，请问您是哪位？

那人说："真是的，连我的声音都听不出来！我是某某呀！"

我非常之窘，因为我仍旧想不出哪里见过。后来她左弯右绕了半天，终于揭开谜底，是向我推销过保险的一位女士。当时我就气不打一处来！这个人的这种煞费苦心套近乎的说话方式，不叫大方，叫冒失、叫莽撞。

有了这个前车之鉴，我跟人打电话的时候，从来都是爽爽快快自报家门，不让人家玩猜猜猜的游戏，万一你套半天近乎人家猜不出来，你岂不是很尴尬，很失面子？所以，通常我打电话的格式就是："您好，我是某某，今天有什么事想要打扰您一下……"对方通常也会十分有礼貌地回过来，一来二去，搞定。

就这么简单。

我的女儿从小受我的影响，打电话的时候也很注意自己的措辞和语气，也是自报家门，也是彬彬有礼。

当年我就是一个活脱的小家碧玉版的林黛玉，没她的高贵，也没她的美貌，因为家贫，同时也因为母亲简单粗暴的教养方式，于是十足有她的过度的敏感和自尊，大方？那是不可能的！见到男生就躲得远远的，听见有谁比较家境好坏，就疑心人家是在讽刺我穷，有一次高中的班主任从后面跟我说话，我正背英语单词，一哆嗦把单词本儿都给扔地上了！老师以后不到万不得已再也不跟我说话了，说我像惊弓之鸟，怕把我吓着，如今想起都十分地……所以课外活动我一向是溜墙根，集体活动我也没份儿。直到如今，我在高中同学的眼中，就是一个淡得稀薄的虚影儿。

有了前车之鉴，就应该懂得，对第二人生周期的女孩一定要清风细雨相待，这样教养出来的女孩，内里会有平和、良好的心态，外在会有落落大方的言行举止。而她秉持着这样的心态和举止，就会主动创造出和人良好沟通的氛围，而良好沟通的氛围又可以形成优质的人际关系，而优质的人际关系，又是孩子将来在社会上站稳脚跟、开创一番事业的基本条件。

快快拿出你的细雨清风来，为她铺上一条红地毯，让她踩着它走向开满鲜花的未来。

第五节
"富着养"的女孩更美好

杨澜，知名电视节目主持人，自言三四岁时到上海的外婆家去住，舅舅可亲她了，一领了工资，周末就带她去最高级的红房子吃西餐，到淮海路照相，去看最 fashion（新潮）的立体电影。别人怪他为小孩子乱花钱，他的理由正当得很：女孩子就是要见世面，不然将来一块蛋糕就把她哄走了。

这话说得对。所以，中国人一直以来奉为"金科玉律"的"穷养男富养女"自有其道理。而这种论调的拥趸者即使在国外也不在少数。比如美国的电影明星汤姆克鲁斯，四十三岁一朝得女，那份"富养"的情怀，简直无人超乎其前，大家只能瞠乎其后。一个记者有一回参观他家，被他的小公主的百万衣帽间吓得够呛——各种各样的名牌高级童装时装，珠宝盒里随随便便躺着白金镶钻项链，妈妈凯蒂赫尔莫斯定期请自己的造型师为女儿打理衣柜。她们在巴黎高级童装店一次就刷掉一万多美元。每次要参加什么重要场合，小姑娘都会被妈妈带着去美容店，做指甲、吹头发、拗造型。

不过，这样做的现实意义能有多大？"富养女"是对的，怎么才算是"富养"，却值得商榷。

一个当爹的曾经这样跟女儿讲："一个男人要变得高贵，那是一件不太容易的事，他要有成功的事业，要有尊贵的地位，要有足够的钱财，要有良好的学识和修养……一个女孩要变得高贵则十分简单——她并不是一定要有公主的身份，豪门的背景，华丽的服饰，贵族的教育……她只需做一件事，那就是像花蕾一样把自己严严地包裹起来。就是要和那些臭小子保持距离，永远尊重自己的身体和心灵。不管什么年代，不管是东方还是西方，对于两性来说，一个女孩只要凛然不可侵犯，她在男人心中一下就会高贵起来。这个跟什么年代没关系，跟什么地域没关系，所谓新潮的观念都是暂时的。"

他说得很对。"女孩富养"并不是只无限满足女儿的物质需求，而是尽可能为她创造优越的条件，培养她高贵的个人品质、优雅的言行举止和良好的态度气质，让孩子做到"内外兼修"。说白了，这个富不是"富有"的"富"，而是"丰富"的"富"。

徐静蕾是演艺圈里一个公认的才女，无论做演员还是做导演都拿得起放得下。她的父亲当初在她身上可是花费了极大的心血。她从小爱用毛笔写字，他就每天陪她练习毛笔字。在女儿导演的《我和爸爸》《一个陌生女人的来信》中，片头的字就是徐导亲笔所写。徐静蕾又喜欢画画，他就用自行车带着她跑遍北京的美术展览。说实话，徐静蕾的相貌只有中人以上之姿，既做不到艳冠群芳，也不会被惊为天人，可是"腹有诗书气自华"，她那独一份儿的内在气质沉静独到，让人倾倒。这和她的父亲对她在精神方面的"富养"

绝对分不开。

如果家境允许，建议父母给生命第一、第二周期的孩子提供必要的音乐、舞蹈等方面的教育。音乐赋予女孩灵动的气质，舞蹈让女孩身姿优美。

乐有五音，宫商角徵羽。古人早就认识到音乐对陶冶人的性情的重要作用："闻其宫声，使人温良而宽大；闻其商声，使人方廉而好义；闻其角声，使人倾隐而仁爱；闻其徵声，使人乐养而好使；闻其羽声，使人恭俭而好礼。"

贝多芬也说："音乐是比一切智慧、一切哲学更高的启示……谁能说透音乐的意义，便能超脱常人无以振拔的苦难。"想想的确如此。一曲《梁祝》让人宛如置身花海，亲眼看见一双蝴蝶翩翩起舞；一曲《东风破》让人感受时光易逝，情怀易老；一曲《征服天堂》让人情绪沉郁而激壮，怀抱中升起为真理而献身的伟大理想；一曲《安魂曲》，又会让人体会到人生无常……

世界知名的大科学家、大思想家、大文学家有很多人都有高深的音乐修养。天王星发现者，美国的威廉·赫歇尔就常常在巴黎圣母院举行音乐会；法国思想家卢梭还编写了符号谱和音乐辞典；爱因斯坦六岁就能演奏乐器，当他到苏黎学院报到时，手里还拿着一把小提琴，他曾经说："音乐世界赋予我的直觉，对我的新发现运动物体的光学原理有着极大的帮助。"法国文豪雨果说开启人类智慧宝库的钥匙有三把：一是数学，一是语言，一是音符。另外还有巴尔扎克、高尔基，这些人都是音乐资深爱好者；这些远的且不说，据一份调查资料表明，现在的美国国会议员和五百强企业的高级主管中，有将近九成的人幼年时学过音乐。

没有音乐的世界是寂寞的，没有音乐的心灵是枯干的，一个对于音乐敏感的人，必有一颗敏感而丰富的心灵。一个喜欢音乐的女孩，她的心也必定是滋润的、柔软的，整个人也细致，有修养。

所以，要想把女孩富养，就要给她足够的音乐教育，提升她的音乐素养。常带孩子听音乐会是一个好主意，音乐会场面庄严，乐曲宏大，气氛典雅，音乐可以最大限度地散发它的魅力，极容易激发女孩优雅的气质。

不过，切忌生拉硬拽，软硬兼施，硬拖着女儿去听一场对她来说"不知所云"的音乐会。孩子年龄毕竟小，又没有西方那种耳濡目染的环境，所以在此之前，最好给孩子报一个音乐班，让她对音乐有一个深入的了解。有一点需要明白的是，报音乐班是因为有专业的老师辅导，可以提升孩子的乐感，让孩子感受到音乐的美好，可不是为的考级啊。硬逼着孩子去学，既学不出成绩，又把本来的兴趣也给折了进去的做法，实在不可取。

周末的时候，或者晚餐过后，合家小坐，打开音响，静静欣赏一曲美好的音乐，即使孩子年龄比较小，也能感受到亲人间萦绕的脉脉温情，对于喜爱音乐也产生一个潜移默化的作用。

元旦那天，单位组织了一场联欢会。其中最出彩的一个节目是独舞，一个漂亮的女孩穿一身淡蓝色的舞衣，露着藕白的手臂，纤细的腰肢，光着小脚，在舞台上随着音乐时而欢快地旋转身体，时而娴静地轻摆腰肢，舞动得大家的心都跟着雀跃起来。以前只知道这个女孩很文静，没想到还有这么柔美的一面，一场晚会下来，她马上被大家赠了一个雅号："局花。"人们看她的眼神都很崇拜，她的一举手一投足，在人们的眼里都几乎是优雅、美丽的代名词。

这就是舞蹈的魅力。它可以赋予女孩优美的气质。

2005年春晚表演的大型舞蹈《千手观音》，让人充分领略到舞蹈之美：纤手曼妙舞动，慧眼闪烁慈悲，那么多聋哑女孩，演绎了一场人间仙境中的观音妙谛。领舞者邰丽华，容貌并不出众，她脸上的一股沉静的气息真宛如不食人间烟火的仙子。舞蹈让人们忽略了她的聋哑残疾，却记住了她的优美气质，并且心驰而神往之。

培根说得好："舞蹈是有节拍的步调，就像诗歌有韵律的文体一样。"一首好诗就是起伏抑扬顿挫有致，一支好的舞蹈必定也是起伏抑扬顿挫有致，而舞蹈者，就是那个作诗的人。

对于一个六七岁的小女孩来说，再没有什么活动比舞蹈更能培养她优美的身姿与气质了。它不仅可以培养孩子健美的体态、协调的举止，以及鲜明的节奏感和表现力，而且更能够丰富她的思想感情，让她形成活泼可爱、热情开朗的性情，既能健身，又能健心，实在是一举两得的好事。

话虽如此，还是要看女孩自己的兴趣所在，切禁牛不吃水强按头。无论是学习音乐，还是学习舞蹈，还是学习其他技能，培养其他兴趣，总的说来，不过就是要通过对女孩精神方面的富养，使她具备良好的气质：技能多了，出席的场合就多，见识的人就多，对各式各样的环境也就熟悉，见多了，识广了，孩子就能够镇定自若，不至于见了生人脸红心慌，手脚都没处放，一看就怯怯羞羞，带出一股没见过世面的小家子气。

通过富养，我们要打造的是优雅美丽的知性女孩，既懂时尚，又不盲目追求时尚；既会打扮，又不在虚荣的洪流中浮浮沉沉。岁月易逝，她们依凭的，不仅仅是如花的容颜；光阴易老，她们凭着本身的修养和识见让人倾倒。

第六节
爱心和善良是女孩一生的资本

一次，我和女儿去一家重庆风味的餐馆吃饭，本来说好要吃这家店的招牌菜芙蓉鱼片，店中间放着一个大鱼缸，里面游动着一条条的鱼，服务员问我们要哪一条。我就问女儿："你看哪一条好？指出来。"

她摇摇头，说："妈你来。我不忍心。"

我苦笑了一下，说我也不忍心。

结果那顿饭我们没吃鱼和别的荤菜，只点了两碗素菜面。过后我女儿说了一句话，让我一直记到现在，她说："一指定生死的事，我干不来。"

别看我的女儿平时挺娇气，脾气上来又挺霸道，小脸蛋圆圆的，也不是现在的那种骨感美人，脸上还有几星星俏皮的小雀斑，不符合时下流行的美女观，不过，她的心灵绝对是既柔软又美好。

而她的柔软和美好来自家庭的传承。她的上一辈是我，我的上一辈是我娘。

小时候，家家户户都很穷，要饭的也多。别人家最烦叫花子上门，有人毫不客气地放狗咬，有人勉强塞给乞丐一块霉饼、一碗馊粥，我娘不同。我家在整个村子里面可能是生活最拮据的，但是她总是从自家还不够吃的饭锅里舀满满一碗饭，拿两个金黄的玉米面饼子，递给人家热热乎乎吃下去。邻村有一个拉胡琴要饭吃的瞎子，在街中间一拉胡琴，她大老远听见，都要给人家端去一碗山药菜饭。

有时候她看见要饭的小孩脸脏兮兮的，头上长虱子，还给小孩把手和脸洗白，用自家的篦子一下一下地篦蚤虱。有一回她居然把一个十六七岁、有点弱智的男乞丐给领到家里，翻箱倒柜找旧衣服。我爹说你干什么，咱家还没衣裳穿呢。我娘说你看那么大个小子了，露着屁股，多难看！我好奇，到院里刚看了一眼，就被我娘给轰回屋了——什么也没看见。

有她做榜样，我长大后对那些陷入困境的人和事物也做不到视而不见。

有一回出门刚要上班，就看见一只黄白花纹的虎皮猫蹲坐在一株细高细高的幼椿树的树顶，紧抱着树枝，纹丝不敢动。就那么居高临下地看着我，大眼圆睁，叫"喵，喵"，翻译成人话，估计是"救命，救命"！

可是怎么救呢？我抱着树使劲摇，打算把它摇下来，结果它一害怕，抱得更紧。无意中瞥见消防车，心头一喜，迫不及待地打电话，说一棵树上卡了一只猫，下不来了，能不能麻烦你们……话没说完，接电话的人打断我，说："为只猫出警，真是……"电话挂断。没办法，我央求一个人上了铺着石棉瓦的储物小房，小心翼翼站在房檐，伸长了胳膊去够树枝。风动枝摇，他也跟着乱晃，猛一下一只脚踏出房檐，我"啊"一声。他好不容易才把树枝拽向自己怀里，捏住猫的脖颈，小心翼翼提它下来。猫绝处逢生，晕头转向，满房乱窜。清醒过来，"哧溜"下去，瞬间没了踪影。

还救过一棵小树。调皮的小孩子点着枯草，把小树包围在火海里。我断喝一声："干什么！"吓得他们四散奔逃，我奔过去把火踩灭。

还有一回，是正月十五，一个热气腾腾的包子铺旁边，冰凉的石阶上趴着一个要饭婆，一动不动，连叫唤的力气都没有了。夕阳衔山，她花白的头发像枯草，在寒风里乱飘。我的心疼起来，都不能呼吸了。给了她几张零钞，又买了几个热包子递到她手里。老太太沟壑纵横的脸上说不清是悲是喜，千恩万谢。我也不敢受，默默地低头走开。

当时孩子八九岁的样子，拉着我的手，我并没有注意到她一直在默默地看着我。

我的小孩的善念，大概就是在大人并不注意的一举一动中，慢慢生长起来的。第二天，一向任性、爱乱花钱的小孩就拿着她的零花钱，蹦蹦跳跳走向路边一个衰迈的乞丐，把两枚一元的硬币放到他的手里，一边扭过头来看我。她向我看过来的眼神，和多年前我娘的眼神一模一样。我仿佛看到一条悲悯的河，从遥远的岁月里一路流过。

而她平凡的面貌，竟然恍然蒙上一层圣洁的、天使一样的光辉。

要想培养孩子的善良和爱心，家庭环境至关重要。

在这些年里，我带着孩子为远方的素不相识的白血病人捐过款，还为全身大面积烫伤的 5 岁小女孩捐过款，有一回，在网上看到一个帖子，一个人远赴甘肃支边，说若有人肯捐助那里的孩子们，他将不胜感激。而且不收捐款，只收书本，下面附有地址（地址我现在也忘了）。于是我和孩子买了一包书、一包作业本寄了过去。后来，还给一个患癌症的男青年汇过一次钱，20 来岁的小伙子，在照片上热切地看着你，这么大好的生命，这么大好的年龄。

还有一次，路边一只被车撞了的狗，很难受，躺在那里，没有外伤，但是起不来，眼睛也睁不开。我路过，发现了，给它买了一根火腿肠，一块块掰开，扔到它的嘴边，结果晚上遛弯的时候看，它一点都没吃。夏天，天气正热，我去买了一瓶水，一点一点地从上到下淋到它的嘴巴里，它果然张着嘴巴努力伸着舌头舔，渴坏了。

此后第二天一早，我就起床去喂它牛奶。当我第三天再去的时候，这只狗不见了，可能是死了，被环卫工人拖走埋了。它在的那片地方，牛奶的印子浸染了一大片，我在那里小立了片刻，然后走了。心里很难过。

我的小孩那年 13 岁，听我说起这只狗的事，根本不嫌脏啊臭的，极力主张把狗弄到家里来，我说不行啊姑娘，那狗没外伤，应该是伤了肋骨或是内脏，随便动它的话，断骨戳破内脏，死得更快。这样慢慢养，说不定还能好。她就天天都记得问一问那只狗的情况。

有人说：马善被人骑，人善被人欺。也有人说：自私是人的天性。尤其是在金钱至上、利益至上的论调影响之下，很多父母都不但不再培养孩子的爱心和善良，反而生怕孩子吃亏，一心教孩子算计得失，恨不得把孩子变身成一个时时刻刻高速运转的计算器，全世界的人都可以坑害，反正自己就是不能有一毫的吃亏。

问题是，这样长大的女孩，不但不会焕发出美丽的光彩，甚至都失去了在世间光明正大行走的资本。

前一阵子，网

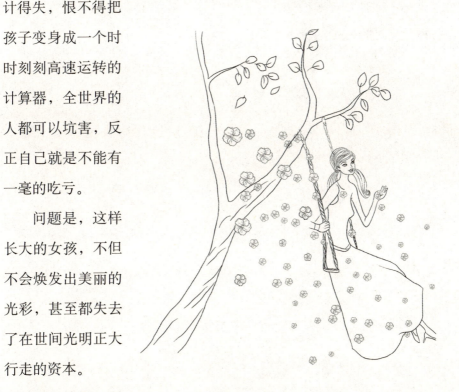

上流传有美女虐兔的图片，这些美女们面目美丽，但是却给人的感觉如同恶魔一般冰冷、狰狞。她们有的是为了自己的感官刺激，有的是为了满足一些心理变态的人们的观览欲望，自己好挣一笔钱，结果就把自己的人性糟蹋成了这个样子，实在让人寒心——谁愿意让自己的女孩变成这个样子？

　　说实话，这样的虐兔虐猫虐鱼的女人嫁给你，你敢不敢要？如果你知道你手下的员工是这样的女孩，你还敢不敢用？即使你只是一个路人，得知从身旁擦身而过的女孩是这样的人，你能不能做到控制自己不向她丢冷眼？一个女孩可以不漂亮，但是不能不善良；可以不优雅，但是不能不对万事万物怀有爱心，否则她就失去了在世间立足和行走的资本。

本章结语

社会学家埃里克·埃里克森 (Eric H.Erikson) 的研究指出，一个人从生到死，共经历八个心智成长的阶段。

在 1 岁以前，孩子的心智阶段为"信任与不信任"。如果孩子肚子饿了有人喂，受惊和哭泣的时候有人抱，孩子就会觉得安全，长大后个性开朗，容易信任别人。如果孩子在这个阶段的需要不能得到满足，长大后会没有安全感，害怕被遗弃，喜欢依赖别人，需要别人照顾，对人甚至对未来都缺乏信任。

2 到 3 岁时，孩子的心智阶段为"自主与羞愧"。孩子开始学习如何控制自己的生理机能及注意到身体的能力及限制，比如控制大小便。如果这一阶段孩子得到鼓励、支持和尊重，他会觉得自主能力大增，觉得自己对世界有影响力。如果得不到鼓励、支持、尊重，甚至被大加贬责和打骂，孩子会害羞甚至羞愧。长大后，孩子会自卑，觉得自己没用、不可爱，在和人起了冲突的时候，哪怕过错不在自己，也忙着道歉；也不敢拒绝别人的要求，也不敢勇敢迈出新的步伐。

4 到 5 岁时，孩子的心智阶段为"主动与内疚"。这个年龄段的孩子喜欢幻想、创造，喜欢按自己的意愿行事，主观能动性大增，不愿意被大人掌控。如果家长支持孩子，孩子会勇于表达自己的想法和情绪，并且发展出一份健康的好奇心。如果家长不支持，甚至在他做了大人看来"不恰当"的举动，于是大加处罚，孩子会觉得内疚，有犯罪感，胆小的孩子就此收手，唯唯诺诺，胆大的孩子偷偷地"干坏事"，以逃避父母的责罚。长大后，孩子会因为害怕犯错而不敢做事，犯了错误又不敢承担，总是感到无助。

6到11岁时，孩子的心智阶段为"勤勉与自卑"。这个年龄段的孩子开始与别人竞争及比较。如果老师和家长鼓励孩子，孩子会变得更有活力；如果孩子屡遭批评或者忽略，孩子会对自己的能力产生怀疑，别人推一推他才敢动一动，而且深陷自卑，觉得自己不配做这些事，或者自己怎么做都比不上别人。长大后，孩子会厌恶竞赛，或者病态地喜欢和别人竞争；对自己或别人吹毛求疵。

12到21岁时，孩子的心智阶段是"对身份与角色的困惑"。孩子需要找出怎样适合世界的方法，接受自己生理上的变化，界定自己对异性的身份，界定在同性和同辈里的身份，确定人生应怎样过。如果这个阶段孩子的需要得到满足，他会成为一个接受自己的人；如果家长不满足孩子的需求，孩子或者个性反叛，或者性情轻浮。长大后，时常会陷入迷茫，不能确定人生目标。

对于女孩来说，最初的四个阶段大体上在14岁之前就形成了。父母对于14岁以前的女孩子，一定要温和、耐心、接纳、肯定、教养、引导无一不缺，功在当时，利在百岁。

第三章

已有蜻蜓立上头：
15岁到21岁，花香引来蜻蜓飞

　　女孩从15岁到21岁，到了人生的第三个周期，生命力呈螺旋上升的态势，日长日大，明媚鲜妍，真的是女大十八变，越变越好看。变得好看的同时，身体和心理上也迎来剧变。要想适应这个过程，需要对它有一个概况的了解，才能做好足够的准备。

身体成长，心理也要成长

　　大约从现在开始，或许早些，或许迟些，女孩身体就开始逐渐发育，步入青春期，同时，心理也在变化、成长。由于二者同步进行，所以这个阶段的女孩，既要注意身体的成长状况，又要注意心理的成长状况。这既是家长的任务，更是女孩自身面临的挑战。

　　当年的我在这个环节上出了大糗。

　　因为我生长在老式的农民家庭，本地的家庭妇女对于女孩儿的身体的生长发育讳莫如深，包括我母亲。她根本不好意思教导我，只好让我"船到桥头自然直"。大概 15 岁的那一年，我惊讶地发觉自己的乳房不但鼓了起来，而且还发硬"结块"，这下子吓得我！以为自己得了什么恶病，莫不是要死了？吃不下睡不香，一气掉了十几斤，眼窝都是青的。母亲还以为我被鬼缠上了，半夜三更打发我父亲到村里的十字路口给我烧纸敬鬼。

　　后来，母亲终于看到我的乳房在发育，就给我做了一个布带子，让我把它紧紧地勒起来——那个时代农村根本没有胸罩这一说，大家都认为女孩子胸前鼓鼓的，太难看！于是这个"勒子"当胸一勒，又把我勒得胸闷气短，几欲晕厥。

　　最糠的是，晚上我跟着奶奶睡觉，第二天是星期天，我一早醒来就到处疯跑着去玩，回家一看，奶奶把我们房间里的铺盖全都洗了，晒了一院子。问奶奶怎么回事，奶奶笑而不语。我娘这才神神秘秘把我叫到屋里，跟我说，我"来红"了，弄得满铺盖都是。然后拿出一个月经带，给我草草地演示了一下，在演示的过程中，她的脸跟块大红布一样，搞得我也很不好意思……

　　在这个环节上的应对，我的母亲可以说是不及格的。母亲在女孩生长发育的关键时刻，一定要起到导师的作用，告诉她无需为身体的变化惊慌，恭喜她从此进入青春期：她的声音会变得又尖又细，乳房不再是"太平公主"的样式，而是逐渐丰满和隆起，腋毛和阴毛开始生长，月经来临。身体内部也产生一系列的变化，让她由一个女娃变成一个少女——这一切都极其正常和美好，完全不必感觉羞涩甚至羞耻：好比一朵花正在开放，是值得庆贺的事。

　　同时，母亲还要为女孩的身体变化做出一系列的照顾和应对措施：

　　一方面要注意这个阶段孩子的发育情况，帮助孩子了解青春期的生理卫生常识，同时根据女儿乳房发育的情况为女儿选择适当的胸罩；对月经已经造访的女儿一定要指导她过好经期生活，给她准备干净、卫生的月经用品，指导她注意保暖，勿贪凉，忌辛辣和生冷。

　　同时，要及时向女儿说明性生理卫生方面的知识，同时引导孩子把精力放在学习和活泼、健康的文体活动上面。

　　而且，青春期女孩的情绪波动幅度比较大，更不可掉以轻心。

女孩进入这个年龄段后，眼界逐渐开阔起来，生活范围也日渐扩大，活动内容增加。随着年龄逐年增长，责任感加重，既具备了一定的独立性，又做不到完全独立，既想承担责任，又没办法承担全部责任，于是她们就处于一种比较尴尬的"边缘人"的状态，上下够不着，两边八不靠，搞得许多这个时期的女孩子困扰、自卑、不安、焦虑，甚至无由排解，染上抽烟、喝酒的不良生活习惯。还有更离谱的，明知道聚群结党、寻衅滋事、早恋等事情不对，却产生了仍旧这么干的强烈逆反心理……

如果这些症状比较严重，女孩会出现情绪障碍，甚至患上"青春期综合症"。

做父母的要留心观察你的女儿，看她是不是心理过敏。一个同事的女儿16岁了，妈妈捡回去一只小弃猫，她都非常反感，觉得妈妈对猫比对她好，为此好几天不吃饭。平时假如老师对某个同学比对她好，她也会受不了，某个同学比她出色，她也会受不了。这大约就是青春期的一种过敏症状。

同时，细心观察，看你的女儿是不是因为考试失利、竞争落选等原因，突然由开朗活泼转而变得沉默寡言、抑郁自卑。还有，她是不是对一切社会活动都十分淡漠，学校里什么活动也提不起兴致参加，别人邀请她玩她也不肯参与，什么都是"没意思"、"太无聊"、"好孤独"。

另外，假如你的女儿今天梳一个公主头，明天削一个板寸，过一阵子又变得长发飘飘，一个劲地受电视广告和肥皂剧以及无聊的综艺节目的影响来打扮自己；还有，今天想学钢琴，明天想搞写作，后天又要练跳舞，变来变去，没个常性，也要引起注意。因为长此以往，只能一事无成。

有的女孩甚至会很容易冲动，什么事想到就干，丝毫不去考虑后果，甚至为了买自己心仪的东西或者上网玩乐，不惜偷父母的钱……

如遇以上问题，切不可掉以轻心，一定要有的放矢地对孩子进行心理疏导。

但是，父母对这个时期女孩的心理调适所起的只能是指导作用，真正的主体是女孩自身，所以，从现在开始，女孩，你就要担负起照料自己的重大任务。

一方面，要照料好自己的身体。坚持三餐应时，穿衣多注意保暖，不能因为爱美就"美丽冻人"。读中学时，我的一个女同学特别爱美，大冬天的只穿一条秋裤，确实身姿窈窕；但是经期来临时如受酷刑，整张脸蜡黄惨白，嘴唇发青发紫。这就是前车之鉴。

一方面，要照料好自己的心理，学会针对自己的心理进行深层剖析：

你平时是不是很自卑，做事畏首畏尾，说话没有主见，一味顺从他人？

你平时是不是比较怯懦，哪怕你认为自己的主张正确也不敢表达出来？哪怕你认为别人的做法是错误的也不敢指出？

你平时是不是疑神疑鬼，总觉得大家都想坑害你？

你平时是不是以和别人对着干为最大乐趣？只要大家都说对

的，那我就要说它错，只要大家都说错的，那我就认为它对。尤其在面对父母的时候，这种状况尤其明显？

你平时是不是看见什么都冷漠对待，大家欢欣鼓舞的事你冷眼相对，大家愤怒莫名的事你也漠然视之？

你是不是对异性过于敏感，每天津津乐道于"哪个男生看了我一眼"、"哪个男生对我有好感"这些问题上面？

你是不是对于自己的容貌过于吹毛求疵，觉得自己的眼太小，鼻太塌，嘴太大，牙太稀，个太矮，脸太黑，实在见不得人，每天都低着头看着脚尖走路？

你是不是觉得干什么都没劲，学习也没劲，上课、做作业都没劲，还不如玩玩游戏来得有意思？

你是不是受到一点挫折就想一些自残、轻生之类的傻念头？

……

　　如果以上所列各项，你都或多或少能够挨得上，那么，就要引起自己的警觉了。因为它们和自卑、怯懦、多疑、叛逆、冷漠、无聊、轻率等负面情绪靠得太近。必须从心理上正视它们，然后才能针对这种情况，开出适合自己的药方：

　　首先，要学会肯定自己，悦纳自己。一个肯定自己、悦纳自己的人，才会百折不挠，将一切的挫折都当成对自己的锻炼，从而提高自己的能力，才不会因为一点小挫折和小失利就对自我产生厌弃心理。

　　同时学会试着理解他人。无论是父母的啰唆还是老师的批评，都是善意的，是出于关心。而且父母和老师也不是圣人，也会犯错误，也会对孩子和学生产生误解，这个时候，何妨去理解一下他们？这样，你自己的心里也会好过许多，不会迷失在愤恚和怒气里。

　　更重要的是，要把握自我，防止迷失。社会上的诱惑很多，自己一定要坚定信心，不要被不良风气牵着鼻子走。尽量多参加课外活动，多发展健康有益的兴趣，由此展现自我价值。

　　在不健康的心理状态中，有几种属于顽症，需要打“持久战”：

　　例如，你总是嫉妒别人怎么办？要知道，每个人都有长处，你完全不必非要盯着别人的长处，拿来比自己的短处，倒不如发挥自己的长处，化嫉妒为动力。

　　如果你一味地多愁善感怎么办？消极的人一般都固执己见，不喜欢接触新鲜事物，其实你的身边，新鲜事物很多呀，尝试着接触一下，玩一玩，新东西吸引了你的兴趣，你就会忘记了旧的不如意。当然，如果有好朋友就更好了，倾诉一番，也会好很多。总之，就是在被阴霾情绪控制的时候，设法转移注意力，或者适度

"发泄"，都可以解决这些问题。

如果你总感到空虚，怎么办？千万不要抱持着"人生几何，及时行乐"、"金钱至上"、"学习无用"的心态。这个世界，行乐多了也会腻，一味追求金钱会撞邪，而且，谁说学习是无用的？不学习就会大脑空空，大脑空空只能当蛀虫。

青春期的女孩好比一朵花将开未开，既对外面的世界睁开好奇的双眼，又感受着内部传来的生长的阵阵痛痒，既有和谐明媚的阳光，又有雨骤风狂，家有青春期少女的父母，一定要想办法保证女孩的身体健康和心理健康；已经迈上青春期发育道路的少女，更要加强自我修炼，能够自尊自爱，适度控制情绪，营造良好人际关系，开展广泛的生活情趣，营造健全的人格，保持自强不息的志气。千言万语汇成一句话：父母既要殷勤呵护浇水，花儿本身也要懂得自我珍惜。

第二节
教青春期女孩如何和异性交往

青春期到了，人生的花季开始了。在如何与异性安全交往这个问题上，有的花季女孩的父母先步入了认知的误区。

一个朋友，女儿正读高一，有一次过生日，除了女同学外，还来了几个男同学。结果朋友对女生笑脸相迎，却把男生都赶了出去，回过头来还骂女儿："你现在的任务就是学习，等你长大了再和男生交往！"

事实上，这句话本身就暴露了朋友的观点的错误：难道孩子在这个年龄段就必须要一心学习、心无旁骛，长大之后才有权利和男孩交往吗？

交往是人的最基本的需求之一，而交往能力的高低，取决于平时的培养和练习，不可硬性禁止女孩和异性交往，否则有百害而无一利。父母要正确对待女儿与异性的交往，培养孩子与异性交往的能力，让女孩与异性交往成为一种美好的经历。

刘先生的女儿容貌秀美，亭亭玉立。某日，他路遇女儿与一男生骑车并肩而来，谈笑风生，忽然意识到女儿大了，心中顿生不安，于是炮制了锦囊妙计。

他对女儿的异性人际交往实行了"加法"，鼓励女孩多和一些男孩子交往，而不是只针对一个你来我往。他想，既然性成熟已经到来，既然对于异性的好奇、倾慕已经是必然，那么为父母者的上策是给她健康、开放的交往机会，而不是封锁、扼杀这样的机会。通过加法，女儿可以自然而然地学会相关的交往技能并形成正确的态度，增强今后对于各种刺激的免疫力。如果一味限制和禁止，只能使孩子得到对异性的神秘感和好奇，完全失去学习的机会，对于今后可能面对的诱惑毫无预防能力，甚至可能完全失控。

于是，女儿十八岁生日聚会时，刘先生主动建议：除了多邀请女同学之外，也邀请一些男生，气氛会更活跃。果然，生日聚会热闹非凡。于是，女儿的身边同性朋友、异性朋友各有一堆。或节假日登山、游泳，或考前集体会战、苦读。后来女儿进入大学，远离父母，已经有足够的经验和能力处理好交友问题了。

当然，对于感情丰富又不善于控制的少男少女，一味做"加法"肯定不行，高尚的趣味和格调，可以最有效地升华异性交往的质量。刘先生总是鼓励女儿参加各种集体活动，家庭的书架上古今名著琳琅满目，刘先生总是鼓励女儿博览群书。女儿的同学聚会从来话题多多，你吹围棋、他侃足球，今天环境保护、生态平衡，明日国家大事、国际形势，很有些书生意气，指点江山的气魄。这样的交往，可以增长心智。

所以，家长教导女孩与异性交往的原则可以分解为两步走。第一步，赞同孩子和异性的集体交往，扩大接触面，避免针对性的、"一对一"的单独交往；第二步，提升孩子的品味和格调。还有最重要的一条，是所有的父母都需要教会自己的女孩的，那就是保护自己，自尊自重，回归矜持。

美国作家温迪·沙洛特写过一本《回归矜持——重寻失落的美德》，大张旗鼓地主张女孩回归矜持。

美国从20世纪60年代掀起一场性革命，美国的孩子们从小学即开始实行以避孕为主导的性教育，孩子们变得大胆、开放，自小便视性为家常便饭，过早失去天真无邪的童年，甚至女孩以和男孩上床多为傲，以男友多为傲，以羞涩、贞洁为耻。美国性开放的30年，对于当时的花季少年少女来说并不是解放，而是灾难。据统计，美国 75% 的高中生有性行为，最终的离婚率则最高可达 50%。于是温迪·沙洛特开出治疗"过度性开放"的药方，指出"回归矜持是我们的出路"。

花季少女举止端庄，重视贞洁，不随随便便把处子之身交付于人，这些都是矜持的表现。妙龄少女的矜持不是扭捏作态，而是在大方的举止下面，隐藏着分寸感和距离感，避免男性过分的热情和亲近，对于异性的挑逗和侵害要警惕并且敢于反击。这种矜持并不违反人性，也不是对于"性"的压抑，它只不过是压制了那种低级的、表面的诱惑，点燃的却是持久的、纯净的爱情之光。

所以，父母在教育孩子时，完全可以把美国当年的弯路当作自己的前车之鉴，把"矜持"当作教养女孩的一个必要课题。

话说回来，女孩到这个年龄，羽翼渐丰，正要跃跃欲试，鼓翅离巢，在这个过程中，单凭父母的把关是完全不够的，需要女孩自身有鲜明的观念和主张，并且能够落实到具体的行动上。

"哪个少男不钟情，哪个少女不怀春？"钟情的男孩不是坏男孩，怀春的女孩也不是坏女孩。这只不过是青春期的生理特征引发的正常心理反应。不幸的是，出于社会和家长的意识熏染，很多花季少女自己也认为对男性产生好奇，想要近距离接触是一件羞耻的事。

一朵花不会因为自己想要散发出香味吸引蜜蜂和蝴蝶就感觉羞耻，因为这是它正常的行为，但是人却会因为自己想要靠近男孩和吸引男孩的注意感觉羞耻，这就是教育不当引起的女孩心理上的撕裂感，严重的话，会使女孩很痛苦，很迷茫，甚至不劳他人给自己贴标签，自己就会给自己贴一个"坏女孩"的标签，抬不起头来。

女孩们，这完全不必！

哪怕你喜欢和男孩一起学习，喜欢和男孩共同参加各种活动，在日记里倾诉对男孩的爱慕，拼命地追星，都没有罪。

不过，在与异性交往的时候，要谨慎。我在检察院工作的时候，一年碰到两起青少年犯罪的案例。一起是一个高二的女孩和几个男孩一同给另一个男孩过生日，大家喝了很多啤酒。女孩不胜酒力，喝醉后，男孩们对她实施了奸淫。虽然事后几个男孩都受到应有的惩罚，但是女孩的身心受到重创，先是休学，然后转学，最终退学。

还有一起则是一桩凶杀案。两个在读初三的女孩同时喜欢同班一个男孩子，男孩子只喜欢其中的一个，对另一个女孩的纠缠不胜其烦，干脆将她杀死。

种种的悲剧告诉我们，在对如何和异性交往这个课题上，有许多女孩的心理和行为都是不及格的。

还有的女孩盲目认干哥，攀亲戚，觉得有了事请干哥出头是很有面子的事。这样的行为不值得提倡，随着交往深入，难保不走入早恋的误区。而且肯给你出头干仗的干哥，本身就不冷静、不理智，推崇"拳头硬就是真理"，热衷于暴力，和这样的男孩混在一起，你的性情发展又怎么能得到良好的助益呢？

还有的女孩明明是十六七岁的大姑娘了，还大大咧咧，不修边幅，不注意言谈举止，就像个假小子，甚至和男生也打打闹闹，勾肩搭背，看上去就不很雅观。既是女孩，还是要把握好自身的性别意识，不要造成错位。

青春妙龄的女孩们，到底怎么才算是与异性合理、合适、合宜、合度的交往呢？

首先，从交往数量上，宜泛不宜专。异性之间的交往，要本着对自身的学习、思想、智识有促进作用的原则，以群体活动为主，尽量回避和异性之间长期一对一的交往，否则言谈由浅入深，彼此互相吸引，渐渐由一般朋友过渡到特殊朋友，然后很可能就会堕入"一日不见，如隔三秋"的情感状态，换个词儿说，就是"早恋"。

其二，在交往时间上，宜短不宜长。尤其是异性同学之间的一对一的交往，更不宜过长。如果和某一个异性形影不离，彼此的性情互相融入，想不早恋都难。把和某个单一异性的接触时间截短，腾出更多的时间和精力来认识更多的异性朋友，了解他们的胸怀和学识，接触他们的禀赋和气质，这样才能眼界宽阔，不至于早早堕入某一种特定的同时也是狭小的情感世界。

其三，在交往频率上，宜疏不宜密。有的女孩和异性之间的交往过于频繁，恨不得时时刻刻黏在一起，甚至会把一种很普通的交往搞得复杂无比。我曾经执教的班有一个名叫小丽的女孩，她向邻班的阿强借了一本书，读完之后，在还书的同时，还请他吃顿肯德基，然后阿强又礼貌回请，然后又接着借书，然后接着重复以上行为，其间夹杂着看电影、逛街等节目，俨然就是一对小小情侣。这样的交往频率过快过高，当然对保持男女之间的适当距离十分不利，交往变质也就是很容易的事了。

其四，在交往程度上，宜远不宜近。比如说，无论是和一个还是多个异性在一起，身体之间的距离始终要保持起码半米；说话既不随便冒犯他人，也不要容忍自己随便被异性冒犯；如果情况需要你和一个异性单独在一起，那就尽量在开阔的空间地带，如果是在房间里，则不要关闭房门。当对方想要抚触你的身体，一定要拒绝！如果对方对你实行言行上的骚扰，要转身走开，在能够自保的前提下不可忍耐，忍耐会姑息养奸。

总之，花季少女们和异性交往的时候，一定要把握这两个原则：一方面感受友情的温暖，另一方面取长补短，共同学习，共同提高。千言万语一句话：女孩如花，冉冉绽放，既要漂亮，也要安全，这样才不辜负青春年华，似锦容颜。

第三节
什么是真正的爱情

自从步入青春期，"早恋"事件就应运而生。"杯具"的是，很多的"早恋"是被逼出来的，祸首竟然是女孩的父亲和母亲。

有一个女孩叫小婧，今年15岁，正读初三，课业紧张。有一天刚进家门，妈妈就铁青着脸问她："刚才那个送你回家的男生是谁？"

"你偷看我？"小婧把眼一瞪，接着满不在乎地回答："同学呗。"

妈妈气得发疯："你跟同学搂搂抱抱啊？"

"那就男朋友。"小婧继续满不在乎地回答。

妈妈真的要发疯了："你你你，你疯了你，我说你这阵子怎么老是把门关上偷偷打电话，我按着号码拨过去是个男生接的，你真的敢谈恋爱呀？你不知道现在什么时候啊？你不知道你马上就要考学了啊？你不想要你的前途了啊？"

小婧什么也没听进去，早把耳塞塞进耳朵里，摇头晃脑进屋了。

妈妈气得眼珠子都冒火："你算完了你，小小年纪玩早恋，你这辈子都不会有什么大出息了，我一眼看你看到底！"

她没有发现小婧回到自己的房间后，那一瞬间黯淡下来的眼神和扑倒在床上的无力身影。小婧想：妈妈怎么能这么说呢？自己怎么就不能有大出息了？还一眼看到底，真打击人……不就是个早恋吗？为什么妈妈整天防贼一样防着自己，好像自己是个杀人犯……有这样的妈妈，真倒霉。

同一时间，小婧的同学盼盼也回家了。妈妈正忙碌地在厨房做饭，见她回来，说："洗手准备吃饭吧。"

盼盼听话地去洗手，然后坐在桌边和妈妈闲聊天。妈妈开玩笑地问："乖女儿呀，你看你长大了，又这么漂亮，学习又好，有没有男孩子喜欢你啊？"

盼盼高高兴兴地说："有啊。下学的时候还有个男生想送我回家呢。"

"哦？"妈妈感兴趣地停下手中翻动的菜铲，问："那他怎么没送你呢？"

"我没让。"盼盼说："他不是我喜欢的类型。"

"那你喜欢什么样的类型的？"

盼盼思考了一下，暂时还说不上来，觉得哪种类型都挺可爱，可哪种类型也没有让自己心动，就问妈妈："你年轻时候喜欢什么类型的呀？"

妈妈也思考了一下，然后关了火，坐下来，说："我像你这么大的时候，可喜欢我们班的体育委员了，打篮球打得那叫一个棒，学习也好；可是过了一段时间，我又发现隔壁班的那个才子也很不错，长得白白净净的，还会写诗；可是过了一段时间呢，我发现又有一个班的学习委员挺吸引人的。呵呵，很花心吧？"

盼盼笑了，说："那个不叫花心。妈妈你不是说，中学生的世界观、人生观和审美标准都没有定型，随时在变化吗？这个就是你审美观不停变化的结果。所以你才告诉我要多接触更多更优秀的男孩，不要随随便便和一个男生亲近，搞得一叶障目，不见泰山呀。我决定了，不考上大学不恋爱。到真可以恋爱的时候，我一定会给你带回一个优秀的男朋友来。"

盼盼的妈妈欣慰地笑了。

从上面的两个例子来看，小婧的妈妈处处防备、打压女儿早恋的结果，是导致小婧越来越逆反，不但违逆她的心意谈恋爱，还表现出满不在乎的样子来气妈妈；盼盼的妈妈教育、疏导的结果，是使盼盼确立了正确的恋爱观，和妈妈的感情也融洽无间。

所以，这个时候，父母要做的绝不是防贼一样的把女儿看管得死紧，而是要帮助女儿树立正确的恋爱观。家长要告诉孩子，对异性产生感情是青春期的正常心理发展过程，让她不必为此感到难堪，要正视自己的心灵。不过，这种朦朦胧胧的心动并不是什么早恋，家长既不要自己给孩子贴上这样的标签，也要提醒孩子不要给她自己贴上这样的标签，给孩子贴上"早恋"标签的家长会不停地指责孩子不务正业，而给自己贴上"早恋"标签的孩子则会背上沉重的负罪感。

父母既要理解孩子，更要宽容孩子，让她们在父母给予的充分信任中学着走自己的路。

那么，对于正有着"早恋"苦恼的女孩来说，自己又该怎么做呢？

其实，绝大多数的早恋心理，不过就是对于异性的朦胧好感而已。这种好感很正常，就是由性生理成熟带来的性意识的萌动。

所以，女孩，假如你看到心仪的男生有脸红心跳的感觉，那不见得是真的爱上了哦；如果你总是渴望见到他，喜欢和他在一起，也不见得是真正的爱情。很多时候，我们是误解了自己的感情。

只是，遗憾的是，有的女孩在还没有确定自己的感情究竟为何的时候，就盲目地和男性上床，或者为了和家长抗争而自残或者离家出走，或未婚同居，甚或堕胎，那可就真的真的得不偿失了！

有的时候，同学之间以讹传讹，也会催化一场"早恋"的产生。一个青春小说的主角就是一个高中的女孩，大家纷纷说一个男孩喜欢她，她受其影响，开始关注这个男孩，结果却是堕入爱河，不可自拔，受到很深的伤害。所以，一定要淡定。在谣言面前，淡定是一种美德。

有的同学说，为什么要抗拒呢？爱也好，性也好，多美妙啊——可是，吸毒给人的感觉也同样很美妙，而爱与性，也同样是青春期的毒品。因为我们还没有足够的能力去承受它带来的冲击。

不要忘记我们的理想、抱负和责任感，不要抛弃我们的道德制约，不要只追求肉体的快乐，忘记精神的追求——不要辜负青春。

说了这么多，到底什么样的爱情才是真正的爱情呢？

一天，前苏联教育家苏霍姆林斯基十几岁的女儿问了他一个问题："父亲，什么叫爱情？"苏霍姆林斯基通过自己儿时的经历以及几个神话故事为女儿解释爱情。他在《给女儿的信》中把自己的祖母当年讲给他听的关于爱情的一个童话故事说给女儿听。

在祖母充满了文学色彩的童话故事中提到，上帝在创造人后曾三次来到人间。第一次上帝在那对青年男女身上看见了"一种不可思议的美和一种从未见过的力量。这种美远远超过蓝天和太阳、土地和长满小麦的田野。总之，比上帝所制作和创造的一切都美"，他从他们的眼神中读到了"爱情"。第二次"上帝从他俩的眼神里看见了更加美丽和更加强大的力量，而且好像又增加了新的东西"，他读到了"忠诚"。第三次他从男人"非常忧虑"的神色中读到了"不可思议的美和力量，已经不仅仅是爱情和忠诚，而且蕴藏着一种新的东西"，那是"心头的记忆"，是对永不会逝去的爱情的追念。真正的爱情是经得起时间检验的，正是五十年彼此的忠诚、扶持、依赖与追怀，造就了这相濡以沫、刻骨铭心的爱情，虽然"每一个人最终都要变成一把骨灰，但是爱情将成为赋予生命的、永不衰退的、使人类世代相传的纽带"，这话不由得不让人细细地品尝、深深地回味。 爱情也是人类所独有的，文章借童话故事和祖母的话语叫人咀嚼一番："上帝站了很久，看着他们，然后深深地沉思着走了，从此以后，人就成了地球上的上帝了"，"爱情比上帝权威大，这是人类永恒的美和力量，一代一代地相传"。的确，只有人才能够爱，爱情是人类文明的产物。"爱情是什么"这个问题看似简单，实则深奥无比，苏霍姆林斯基用充满诗意的童话故事为我们揭示了问题的实质：人类生存繁衍，相互忠诚，永远怀念，这就是爱情。

所以，要记得，爱情是无关美貌的，就像杜拉斯说过的一句名言那样："与你年轻时的美貌相比，我更爱你现在被时光雕刻过的容颜。"

当然爱情也无关金钱，金屋广厦与茅屋土房在真正的爱情面前是平等的。

年幼的、不成熟的、一味依赖别人的呵护和包容的，也不是真正的爱情。

花季少女在求学阶段所遭遇的，往往不是真正的爱情。你们自以为爱上的，其实不过是"爱情"本身。

罗密欧与朱丽叶是真正的爱情，梁山伯与祝英台是真正的爱情，真正的爱情是不会畏惧强权的，也不会被金钱和美色等所动。

记住：真正的爱情不是索取，真正的爱情也不是攀附，真正的爱情不是炫耀，真正的爱情更不是虚荣。真正的爱情是并肩而立，真正的爱情是彼此激励，真正的爱情是在人生的道路上你追我赶、奋勇前进，真正的爱情是在明明知道不当谈恋爱的时候，能够把这种情怀转化为学习的动力。真正的爱情是敢于承担。

最后，用舒婷的诗《致橡树》与女孩们共勉：

我如果爱你——

绝不像攀援的凌霄花，

借你的高枝炫耀自己；

我如果爱你——

绝不学痴情的鸟儿，

为绿荫重复单调的歌曲；

也不止像泉源，

常年送来清凉的慰藉；

也不止像险峰，

增加你的高度，衬托你的威仪。

甚至日光。

甚至春雨。

不，这些都还不够！

我必须是你近旁的一株木棉，

作为树的形象和你站在一起。

根，紧握在地下；

叶，相触在云里。

每一阵风过，

我们都互相致意，

但没有人，

听得懂我们的言语。

你有你的铜枝铁干，

像刀、像剑，也像戟；

我有我的红硕花朵，

像沉重的叹息，

又像英勇的火炬。

我们分担寒潮、风雷、霹雳；

我们共享雾霭、流岚、虹霓。

仿佛永远分离，

却又终身相依。

这才是伟大的爱情，

坚贞就在这里：

爱，不仅爱你伟岸的身躯，

也爱你坚持的位置，足下的土地。

第四节
爱情和学业，你选谁？

一个迷惘的高中女生发问："我一直想恋爱，明知道不行，却一直想要恋爱的感觉。高中生不能恋爱吗？学业跟爱情可能兼顾吗？为什么越追求越得不到呢？"

她的问题提得很好。左边是爱情，右边是学业，你选谁？

有的女孩说，我想要爱情和学业双丰收。可是，人的精力好比一碗水，向爱情的苗圃倾斜得多，学业就兼顾得少，学业的苗圃就会缺水枯干；向学业的苗圃倾斜得多，爱情的苗圃也就无法保持常绿常鲜。所以，这个问题仍旧很严峻：到底应该怎么办？

在得出结论之前，我们不妨先考虑几个问题：

第一：你有没有足够的恋爱时间？

和亲人之间的感情，纵然血浓于水，如果长久不接触，也会由浓转淡；和朋友之间的感情，如果没有足够的时间来交往，也会失去彼此之间的深刻理解。亲情和友情都是如此，爱情当然也同样不可免于这个自然的认知规律，而且在这方面要求你付出更多。接触少了，了解少了，理解不到位了，两颗心之间就无法做到无缝对接，误解和隔膜随即产生。但是，越想要多接触、多了解，就越得要花费大量的时间，而现在的你们最缺少的，就是这份谈恋爱的时间。花前月下的时间你们没有，因为要学习；卿卿我我的时间你们没有，因为要学习；互诉衷肠的时间你们也没有，同样，还是因为要学习；还有，当你不快乐的时候，他能时刻陪在你的身边吗？当你快乐的时候，他能时刻做到和你一同分享吗？这些，就算是朝夕相处的恋人都难以做到，你们又怎么能够做到呢？

如果爱情是棵嫩芽，种在青春期的苗圃里面，繁重的学业当前，没有足够的时间来呵护、浇灌，等待它的结局，只能是萎缩、枯干。

第二：你有没有支撑恋爱的物质基础？

恋爱并不仅仅是两个人并肩坐在满天的星光下，倾吐着脉脉的情话；也不是相对一笑，胜过万语千言，于是就不用吃饭……看似煞风景的"柴米油盐酱醋茶"永远排在诗情画意的"琴棋书画诗酒花"的前面，前者打牢了基础，才能带来后者的精神享受。现在的你，尚且身处父母为你张开的羽翼之下，一饮一啄都依靠着爸爸妈妈，又有什么物质基础，能够支撑你的恋爱"大业"呢？而没有物质保障的爱情就像离开土壤的花朵，只能艳丽一时，马上就会凋谢一地花瓣。

第三：你知不知道，什么叫爱情的责任？

它不是对青春容貌的迷恋，对年轻身体的品尝，不是眉来眼去的调笑，不是执手相对的一时缠绵，它是设身处地，为对方着想，也为自己着想，希望两个人都能够飞得更高，跑得更快，冲得更远。

显然，青春期的你如果不能放手，就做不到这一点，那么，你的爱情对于你们的爱情和前途来说，都只能是一种牵绊。你们既主观上做不到厮守终生，又客观上做不到扶持前行，彼此无法尽到互相扶持的责任，你说，这样的爱情，又怎么能叫作真正的爱情？

就像一首歌有主歌、副歌之分，一道菜有主料和配料之分，假如你的青春是一首歌，它的主歌是学业，副歌才是爱情，假如你的青春是一道菜，它的主料是学业，配料才是爱情。而这支副歌和这味配料，有它亦可，无它亦行——很大程度上，没有了它，你的歌的主题会更明确，你的菜的味道会更鲜明。

第四：你恋爱的动机是什么？目的又何在？

深入观察一下你自己的内心，你是想要找一个携手一生的爱人，还是想要消除一下你暂时的寂寞？

在一份历时一年多完成的"中学生青春期问卷调查"课题报告中，学生们的答卷耐人寻味，中学生想谈恋爱的原因选择最多的是"摆脱压抑感或孤独感"和"满足好奇心"。而这样的原因，就注定不会结出真正甜美的果实。我们班里一位高三女生写了一篇反对早恋的文章，她明确提出："我不反对早恋，是因为大多数早恋是健康的，它只是那些处于青春期的少男少女们对异性的好感和倾慕，何必要硬性禁止？如果一味去禁止，或是用'长舌'压制他们，其结果会适得其反。我不赞成早恋，则是因为一些所谓的爱情是'太空虚、太无聊'而产生的。试想这种因空虚而产生的爱情会真挚吗？"

细想一想，的确如此。

第五：你恋得起，但是，能不能输得起？

你追求了爱情，能不能输得起时间？你享受了爱情，能不能输得起精力？你投身爱情，能不能输得起学业？当爱情和学业博弈，而学业大败亏输的时候，你的前程又拿什么保证？你的前程既然都无法保证，又拿什么来继续你的高品质的爱情？而万一分手，你能不能承受这种伤痛？即便不分手，面对父母、学校、同学等等的外界压力，你们又能往哪里躲藏？

以前我的同事班里有一对"恋人"，为了逃避父母和老师给予的压力而私奔，而此时距离高考只有三个月，而女生入学时的成绩是年级第二名……那么，当他们在外面用并不宽厚的肩膀辛苦支撑所谓的爱情的时候，看到别的男孩女孩如期参加高考，他们的心里又会是什么感觉？在这种情况下，就算赢得了爱情又能怎样？失去的，是金子一般的青春里金子一般的求学光阴。

假如说"爱情"是权利，那么，"学业"就是责任，只知道享受权利，而忽略承担责任的人，是一个注定会活得很失败的人。所以，亲爱的女孩们，还是不要在这条鲜花与荆棘并存的青春之路上，迷失了方向。

再回到开头的问题，这个问题，同样是一个学生作出回答：

"高一是学习基础，所以不要谈恋爱；高二是学习高考的主要内容，所以还是不能谈恋爱；高三了，马上就要高考了，哪还有时间谈恋爱啊！劝你最好不要谈恋爱，即使有一个你很喜欢的，也要

忍住！否则你的未来很可能就会因此而改变。我是过来人，尝到教训了！"

如果说只有一个人尝到的教训只是个案，那么，我们就再看两例这样的教训：

女孩 A 出生在一个幸福的家庭中，16 岁时喜欢上了一个男孩。最终两人成为了男女朋友。母亲强烈反对，并且把她带离这个城市，但是，经过两年的艰苦抗争，她终于让母亲相信她不会因为所谓的"早恋"耽误学习。两年后，她再次回到这个城市，并且和男孩和好。从此，开始在母亲的信任和支持下，经营她的两大事业：一是学业，一是爱情。

但是，生活不是童话，也不是电影，不可能就此画上休止符，迎来大圆满的结局。生活继续，这种不稳定的恋情最终给她造成了莫大的精神伤害。此时她才开始慢慢理解所谓的幸福的校园爱情，不过是空花泡影。

后来，两个人分了手，女孩虽然仍旧和男孩在一个学校里面，但是，每次见到，只是淡淡地一晃而过。她也再没有接受其他任何一个男孩的爱。她终于明白：没有结局和没有意义的校园爱情，只是打发寂寞的工具，既不会带来任何的未来，也不会带来任何的现在。

女孩 B 是妈妈眼中的乖乖女，聪明、善良又懂事。初三的时候，一个校外的小混混看上了她，拼命追求她，她抵挡不住这种甜言蜜语的爱情攻势，开始和他同居，并且怀孕。向母亲坦白后，母亲气得要死，带她去医院打胎，好好照顾她，并且告诫她以后不要再和那个小混混联系，好好上学。

但是，流言蜚语让她身心受到重创，性格由从前的活泼开朗变成现在的沉默寡言、郁郁寡欢，成绩也飞速下滑。就在这个时候，小混混又来找她，并且答应带她远走高飞，承诺给她幸福的生活。于是，她放弃了学业，逃离了学校和家人，搭上一列"开往春天的列车"。

她想错了，这趟列车没有开往春天，而是开往严寒的冬天。小混混的家长不承认她的身份，小混混又并无一技傍身，好吃懒做，且对她越来越冷淡。她再次怀孕，只好再次打胎，病倒的时候，小混混玩起了消失，手机关机，打他家里电话，家人也不知道他去哪了，万般无奈之下，她割腕自杀。

房东救起了她，她终于明白过来：这场恋爱是一帖无与伦比的苦药……

有这么多的前车之鉴，难怪在描写中学生早恋的青春小说《被爱打扰的日子》里，作者讲述了一群高中生在青春萌动期所发生的一个个朦胧的爱情故事后，提出了鲜明的口号："毕业了，再相爱！"

这才是最明智的做法。

所以，如果有老师、父母因为你陷入爱情的旋涡而对你提出告诫的时候，请不要忙着对他们嗤之以鼻，骂他们"老土"，请尊重他们的良苦用心，明白他们是为了提醒你，青春期的恋爱无论对学业还是生活，都多害而少益，甚至有害而无益，所以，避之则吉。

第五节
把自己塑造成"水样女孩"

亲爱的女孩，如果说此前你生命的塑造离不开你的父母和家庭，你尚且不能独立掌控你的命运，那么，从现在开始，你将走上自我修炼、自我提升之路，在这条路上，也许父母亲人囿于经历和学识的局限，也许囿于代沟的局限，将无法再给予你更多、更深、更广的帮助，那么，跟随着我，来吧。

那年，我教高中，天已很晚，和同事们查完宿舍刚要回家，一个女生就和她的班主任吵了起来。这个女生眉清目秀，好一个温文尔雅的小模样，却叉着腰，一会儿往上一蹦，一会儿往上一蹦，直着脖子喊："我打着手电学习有什么错？敢情我学习还学习出不是来了？"然后把两手一拍，冲着我们说："你们给评评这个理，我爱学习还爱出不是来了？"

我说："同学，话不能这么说，按时休息是为了保证你们的身体，而且学校的规章制度我们都要遵守，没有规矩不成方圆……"

结果她又猛地往上一蹦："你敢说我没有规矩，你竟然说我没有规矩，我是名门出身！我们家的规矩大得很！"

我："……"

后来这件事惊动了校长，校长请来了她的母亲。她的母亲绾着高高的发髻，戴着流苏型的耳坠，穿着复古式的旗袍，翘着高高的兰花指说："哎呀，这就是你们老师的不对啦，怎么能说我们家小曼没规矩呢？你们不知道，我家的规矩确实大得很呀！"

我们都很好奇："你们家都有什么规矩？"

"比方说吧，小曼要是不听话，我和她爸会罚她跪小黑屋，饿饭。要是实在不听话，她爸爸可没有我这么好脾气，早把她打得满地打滚了。有一回，小曼去同学家，当天没回家，也没跟家里请假，他爸一巴掌把她牙都打掉了一颗……"

我们齐齐打了个寒战。

她的班主任若有所思地说："怪不得平时小曼看着文文静静的，但是爆发起来却这么厉害。"确实。这孩子平时的文文静静是被强迫压制而装出来的，厉害则是被逼出来的逆反。孩子从小生活在这样的一个妈妈阴阳怪气、爸爸粗鲁暴力的家庭里面，做出这样超出常理的举动来，一点也不奇怪。

我们鼓励女孩如水，但是小曼这样，可不是真正的水样女孩，顶多算是一种压制出来的"伪"水性女孩。

水是温柔的，它可以随方就圆，但是又能够包容万物；另一方面，它又是刚性的，岂不闻"水滴石穿"？柔弱的水甚至可以切割开厚重坚韧的钢板。更可贵的是，水往低处流，十分的低调，在这种低调中却显示出生命的高姿态。水善利万物而不争，其结果就是有容乃大，境界之高，让所有人仰望。

从 15 岁到 21 岁的如花年纪，我们也要学习水的精神，做一个水样女孩。

首先，从外在形态来讲，要有水样气质，就是要让自己的一举一动，都自在、自然。

一次看娱乐新闻，一场新电影发布会上，刘德华是男一号，另外两个女演员和他搭档。刘德华没问题，其中一个女演员也没问题，另一个女演员给人感觉太那个了。

刘德华接受采访的时候，她在一边乖乖立着，可能站得不太舒服，所以稍微换了个姿势；过两秒钟又不太舒服，所以又换了个姿势，这个本来也没什么；可是，她的每一个姿势，都那么完美，那么端庄，没一个手势是多余的，没一个眼神是多余的，没一个姿势是不美的，结果就是：假。

太假！我敢肯定，她的每一个姿势、每一个动作，都是照着镜子练了几百上千回，所以才会有这个效果。结果却给人的感觉不忍卒睹，举动死板、僵硬，一点都不自在、自然，如果是水，也是一摊"死水"。

当然，所谓的"自在、自然"，并不是说女孩要完全的原生态，那样的话，很可能就会不修边幅，也会惹人反感。所以，女孩要进行一定的语言和形体方面的训练，这种训练无须进入专门的学校，只要自己平时注意一言一行即可：

站姿要挺，既不能塌肩缩背，也不要挺得过分。有一个训练方式：贴墙而立，脚跟、屁股、两肩、后脑，都贴住墙，两腿并拢，立正。每天半小时足矣，估计出不了一个月，就会站了。

还有坐姿，大叉两腿是肯定不行的，如果是坐沙发，歪着扭着堆在沙发上，一条腿还跷在沙发沿上，那就更不行。可以两腿并拢向左或向右侧摆放，也可以一条腿搭在另一条腿上，两腿自然下垂，切忌不能摆出懒洋洋目空一切的二郎腿架势。如果摆出这样的架势，马上纠正。

走路也要讲究。见过一个走路像划水的女孩，头抬得高高的，两臂大幅度摆动，两腿无根，怎么看怎么难看。走路无论快慢，都要一个态度上的自然、从容、安详。低头捡钱和数脚指头就不必了——这么多年我都是低头走路，这个习惯太知道是怎么来的了：自卑。这种姿势散发给别人的信息也是自卑。当然，也不能走得横行霸道、旁若无人，觉得整个街道都是自己家的。屁股也不要扭得像风摆荷叶，甚至胯摆得能打着旁边人，那给人的感觉不是窈窕和妖娆，而是风骚。当然了，跑大街上踢正步也是不行的。总之一句话，就是走在路上，挺胸收腹，自自然然，大大方方。

其次，在和人说话方面，要注意分寸。有一句话，叫作"吉人之辞寡，躁人之辞多"，钱钟书说得更刻薄，说人话多，像是泻肚拉痢。所以，话出口前先三思，讲分寸，与其喋喋不休，口沫横飞，不如温柔沉默，令人观之可亲。当然，当别人和你说话的时候，你或者呆若木鸡，神游天外，或者左顾右盼，漫不经心，都是非常不礼貌和失教养的行为。

"水样女孩"的一个特质是"善利万物而不争"，但是，这并不表明女孩就要遇事怯懦退缩。真正的"善利万物而不争"，是出于绝对的从容和自信。所以，除了外在的言语、形体训练之外，女孩还要培养自己的自信心。

说话、走路、穿着都讲究了，如果还是觉得自己不够好的话，那就每天出门的时候，对着镜子说三遍：我是最美的，我是最好的，我是最优秀的！然后出门，OK。这不光是要求光嘴上说说而已，是要对自己着实这样认为。只有这样，才能培养起自信来。而自信的女孩，不论相貌如何，都比自卑的人要漂亮。

在这方面，也需要父母做出努力，因为青春期女孩对自我的评价普遍不高，或者觉得自己皮肤不够白皙，或者觉得自己长相不够美丽，或者觉得自己身材不够苗条，或者觉得自己的脑瓜不够聪明，或者觉得老师不喜欢自己，同学不待见自己，朋友也排斥自己……父母要给予她真挚的、恰到好处的赞美和发自内心的尊重。每个人都有自尊心，也都有被欣赏和被夸奖的需要，假如孩子十分自卑，也即意味着她还没有学会肯定自己、悦纳自己、欣赏自己，那么，你不肯定自己，就由我来肯定你，你不悦纳自己，就由我来悦纳你，你不欣赏自己，就由我来欣赏你。

当然了，所谓的自信，绝不等于傲慢。所谓的"我是最美的，我是最好的，我是最优秀的"，意思是我和大家一样美，我和大家一样好，我和大家一样优秀。不然眼睛长在脑瓜顶上，那样肯定语言、动作、眼神，都能表现出来，于是受尊重和被尊敬基本不可能了，被排斥和打击倒是板上钉钉的事。既自信，又谦虚，才是王道。

最重要的，要想成为水样女孩，就要有水样的底蕴。

　　底蕴这种东西，就好比一个大池子，里面起初是干涸的，没有水。一座山没有水就好比一个人没有眼睛，也就少了灵气。人的底蕴这个池子里没有水，那就好比一座光秃秃的山，也就没有灵气。所谓的涵养底蕴，就是让这个大池子里波光粼粼，锦鳞游泳，旁边垂柳依依，百鸟翔集。

　　听说过这句话吗？"读最灵的诗；听最美的音乐；做最好的自己"，如果能够这样做下去，女孩的底蕴就能够如同滴水汇聚成池。

　　走在街上，听到两个十八九岁的女孩聊天，一个说："我就是不爱读书，我一读书就想睡觉，读书不如看电视有意思，不如逛街有意思，不如购物有意思，不如和三朋四友聊八卦有意思，不如关心大明星小明星有意思。"我心里想：你危险了，因为这些所谓的有意思的活动，如果你长长久久地沉浸其中的话，会变成一个俗不可耐的大俗人。到那个时候，你满嘴八卦，脑袋里的知识不如一粒蚕豆大，就算有一张漂亮的脸蛋和一个漂亮的身材，也会被人在背后评论为：庸俗！浅薄！

　　怎么办？

　　不耐烦读大部头的书，短篇总可以忍耐着读一两篇吧？不喜欢读学术著作，小说总可以沉浸进去吧？不喜欢读全是字儿的，漫画总可以读一本两本吧？刚开始一读书就睡觉，那就今天读一点，第二天再多读一点，第三天再再多读一点，从无到有，由短至长，从小到大，慢慢地，不就可以培养出读书的兴趣和爱好了么？而且书与书之间，就好比左挂右连的蛛网，你读这位作者的这一本书觉得好，就会忍不住想要搜这位作者的别的书来看；你读这一个小说好，就会忍不住搜同等类型的小说看；你读这本书的过程中，作者提到了谁谁还写过别的什么什么书，你就会忍不住也会去搜集这个张三李四的什么什么书来看。这样一来，不用日久天长、海枯石烂，不消两年，你就会把自己培养成一个爱读书的人，不消五年，你就是一个博览群书的饱学雅士，十年以后，别人看你的目光都会带着尊敬和崇拜。

读书兴趣也培养出来了，读书能力也有了，会甄别哪些是好书了，读书的好处自然也就可以体会到了，于是读书的最高境界就达到了，千言万语汇成三个字：读书好。就像杨澜说的："喜欢看书的女孩，她一定是沉静且有着很好的心态，因为在书籍的海洋里，女孩可以大口地吸收着营养。喜欢看书的女孩，她一定是出口成章且优雅知性的女人。认真地阅读，可以让心情平静，而且书籍里暗藏着很大的乐趣，当遇到一本自己感兴趣的书时，会发现心情是愉悦的，而且每一本书里都有着很大的智慧，阅读过的书籍都会是女孩社交中的资本，相信没有人会喜欢与一个肤浅的女孩交往。选择了合适的书本，它能够教会人很多哲理，以及会让你学会以一种平和的心态去迎接生活里的痛苦或快乐。"

音乐也是如此。好的音乐可以荡涤胸怀，洗刷尘埃，让一颗心如同水晶，即使在暗夜里也闪着熠熠光辉。

除了读书、音乐之外，还有一条，而且是很重要、极其重要的一条，那就是要学会在生活中张开一双慧眼。就像一千个人眼里有一千个哈姆雷特，一千个人眼中就有一千个不同样的现实生活。也许甲眼中的现实生活就是柴米油盐，也许乙眼中的现实生活就是风花雪月，也许丙眼中的现实生活就是刀枪剑戟，争斗不断，也许丁眼中的现实生活就一片平静，死水无澜。

我们要做的，就是学会发现现实生活的美。如果你能够脱离开自己的小情小趣，时时刻刻都能发现生活中蕴含的美好，你的双眼会时刻闪亮，你的面目会温柔动人，你的内心也时时刻刻被美好充满，这样的女孩，底蕴怎么会差，怎么会不招人喜欢？

"蓬生麻中，不扶而直，白沙在涅，与之俱黑"，西谚还有另一句话，叫"羽毛相同的鸟一起飞"。如果交友不慎，再怎么美好的如水女孩，也会被投入杂质，被污染。所以，交友是一定要注意的。青春期少女一腔热血，却有时候不善鉴别，对别人"交朋友"的要求几乎是来之不拒。这其实是一件很危险的事。

所以，女孩要注意交友的几个方面：好朋友不一定形影不离，但一定心灵相通；好朋友不一定锦上添花，但一定雪中送炭。宁交苦口良言的益友，不交口蜜腹剑的损友，益友拉你一起前进，损友拖你一起后退。益友不会锦上添花，一定雪

中送炭，损友不能雪中送炭，只会锦上添花。益友是君子之交淡如水，损友是小人之交甘若醴。和益友交往，如入芝兰之室，久而不闻其香，自己却变得香喷喷；和损友交往，如入鲍鱼之肆，久而不闻其臭，自己却已经变得臭烘烘。

还有的女孩整天沉迷于那种一扯几十集的泡沫偶像剧。如果你还想要涵养底蕴，就不用看了，看多看久会变白痴。

总之，好读书，能养静，举止合宜，言语有度，待人真诚，善于包容，如此涵养，长此以往，底蕴深厚了，气质自然也就出来了，灵性的、清秀的、动人的，如天上一轮娴静的月，如地上一汪明澈的水。

这，就是有水样气质的水样女孩。

本章结语

15 岁到 21 岁的少女，处于女性发展的第三个生命周期，身体含苞绽放，也荡漾起了如水情怀，心智也在逐渐发展。在这个成长阶段，身体、心理、精神等一些方面是需要格外注意的。

因为生理发育，女孩会出现对性的好奇心，同时也会有性幻想，这些都是正常现象，是每个少女必经的阶段，既不要感到羞耻，也不要让性幻想影响自己的生活，把它控制在一个适度的范围之内就可以了。注意生殖器卫生，保持内裤干燥，经常换洗，而且内裤和袜子一定要分开清洗。还要学习用温开水轻柔地清洗私处，一定要注意经期保养，忌喝凉水吃冷饮，造成宫寒，贻害以后的生育。

有的少女热衷打扮，戴假睫毛、戴美瞳、化浓妆，造成视力下降、皮肤变差。学生阶段，还是以素颜为上；即使参加工作，也以淡妆为宜。毕竟肌肤正在发育，若是浓妆，与年龄不合适，又伤害了肌肤的发育。很多这个年龄段的女孩眉毛尚未完全生长发育齐全，就开始拔眉和描眉，结果就是尘埃、细菌无遮拦地直落眼眶，易患眼病。还有的女孩喜欢束胸，须知这样的举动会影响胸部的正常发育，严重的还会引起乳房疾病；又有的女孩喜欢不戴胸罩，这样时间长了，也会造成乳房的松弛下垂，同样也会引起乳房疾病。更有的糊涂女孩嫌弃胸小，使用激素促使乳房发育。滥用雌激素后果很严重，易恶心、呕吐、厌食，还会导致更严重的子宫疾病和肝、肾功能损害。

这个阶段的女孩，开始领略到高跟鞋的魅力，热衷于穿高跟鞋，尤其是鞋头尖尖，穿起来更是风姿摇曳。可是尖头高跟鞋不仅挤压摩擦脚趾，还会引起医学上所称的"高跟鞋跖痛症"，使足弓抬高、加大，走路时足尖被迫挤压向前方，致使和跖神经伴行的血管管壁增厚，形成局部血栓，引起足跖神经缺血、变性，或形成嵌甲，疼痛难忍。年老后脚病更多、更重。弹力紧身裤也是女孩喜爱的单品，但是这种服装通透性差，影响血液和淋巴循环，妨碍关节伸屈和身体正常发育，且极易造成青春期少女外阴炎，所以也要少穿。

这个年龄段的大脑是一生中的黄金时期，应对此阶段充分利用，多学知识，若因早恋耽误学业，那就得不偿失。

第四章

芙蓉如面柳如眉：

22岁到28岁，世间唯有你最美

　　亲爱的女孩，从现在开始，生命的第四个阶段开始了，你步入了生命中最美好的年华。你已经逐渐褪去了青桃初杏一样的毛茸茸的青涩，从远处看，你枝繁叶茂，每一片叶子都是属于你自己的无上美好的光阴；从近处看，你脸颊鲜嫩，眼睛明亮，嘴唇红润，像一朵鲜花绽放，像一个饱满的水蜜桃，鲜嫩多汁。从22岁到28岁，这整个世间，都唯有你最美。

　　从现在开始，你也将开始迎接挑战，包括事业，包括爱情，包括婚姻，包括怎样让自己变得更美丽。

生命的化妆从现在开始

女孩子现在已经迈进生命的第四个阶段，正式长大成人，当然不会再满足于素面朝天，于是，化妆就成了一门必修课。

那么，到底怎样化妆才算好呢？

化妆也分层次和境界，就像武功的最高境界是无招胜有招，化妆的最高境界是有妆似无妆，也即两个字：自然。最高明的化妆术就像作家林清玄的美文《生命的化妆》里所说的："经过非常考究的化妆，让人家看起来好像没有化过妆一样，并且化出来的妆与主人的身份匹配，能自然表现那个人的个性与气质。"就是说，妆画好后，感觉并没有在脸上开颜料铺，红是红黑是黑蓝是蓝，但是整个人却变得精致、漂亮。眉毛、眼睛、睫毛，都不是画上去的，而是自己长出来的美，这样就叫成功。

次一级的化妆则是像把自己从人群中一把拎出来，让大家都能注意得到。如果做得好，当然能够鹤立鸡群，如果做不好，就成了鸡立鹤群。山西作家赵树理写过一篇小说《小二黑结婚》，里面有一个三仙姑，往脸上擦白粉，擦得好像"驴粪蛋子上下了霜"。大街上见过一个女孩，肤色黑，却擦了厚厚一层增白霜，脸是雪白的、脖颈、胳膊、手是黑的，对比格外鲜明，想让大家不回头看都难，她洋洋得意，觉得自己漂亮得很，拉风得很。

最次的化妆，根本罔顾自己的个性和气质，一味跟风。时兴粗眉的时候，就不顾自己的眼睛小，画眉如橡；流行白皙，就不顾自己的四方大脸，也化成大白脸，十足十像戏台子上的白脸奸臣；时兴红唇，不顾自己嘴太大，把嘴唇涂抹得血红，像演恐怖片；甚至有一阵子时兴黑唇，于是放眼出去，到处走动嘴唇黑紫的姑娘，像服毒将亡……一味跟风时尚，好比瞎子牵着前人的衣摆走路，泥一身水一身。女孩子天性爱美，如果不懂得真正的美，一窝蜂地赶流行，真是要命。

所以，如何化妆，如何化好妆，真的成了现代女孩的一项重要技能甚至是修养。它的意义已经超过了仅仅"为悦己者容"的范畴，而是热爱生活的体现，有助于提升自信，同时成为一种社交礼仪——表达的是对交往对象的尊重。

于是，有的这个年龄段的女孩子每天早晨光化妆的时间就要花去两三个小时，对于各种各样的化妆品牌更是烂熟于心，追求起来孜孜不倦，甚至不惜举债购买一线名牌化妆品。尤其是现在，整容之风盛行，磨皮削骨都不惧，割双眼皮、隆胸、垫鼻更是小菜一碟。

这种做法，又有舍本逐末之嫌，好比一棵树，根是灵魂，树干是精神，叶子才是你的脸；现在你是拿着一块毛巾，非常精心地擦拭每一张叶片，甚至给它打上蜡，让它绿油油地发光，但是却没注意到根部是不是缺水，树干是不是挺拔。甚至当因为缺乏营养导致枝叶泛黄的时候，不惜替它用化妆品刷上一层绿漆，也不愿意从根本上解决问题。

我们见到一个人，通常会说这个人看起来很精神，或者这个人看起来很不精神，说白了，就是一个人有没有精气神儿。这个精气神儿从哪来呢？

它来自于你的五脏。中医常说，肝开窍于目，心开窍于舌，脾开窍于口，肺开窍于鼻，肾开窍于耳。也就是说，五脏与五官是相对的。《黄帝内经》有云："有其内必形于其外"，你的脸就是脏腑的一面镜子，你的皮肤反映了脏腑功能的盛衰。

如果你的心功能好的话，脸色就会红润有光泽；如果你的心脏保养不当，整个人脸色就败，像一片枯叶一样，暗淡无光，而且面青唇黑，好不吓人。

肝主疏泄，肝的功能好的话，浑身举动灵活；如果你的肝脏功能不好，脸就会出现潮红、绛红或红血丝，还会长雀斑，出黑眼圈，有眼袋。

脾脏乃气血生化之源，脾的功能好的话，身强体健，肌肉丰满；如果它功能不好，就会有各种各样的毛病，如生黄褐斑、痤疮啊，早早长皱纹，皮肤松弛，还会瘙痒，有口臭，整个人体形都会或浮肿黄胖或瘦黄枯干。

肺主一身之气，肺的功能好的话，皮肤光泽，头发亮丽；如果肺脏的阴阳不平衡，就会唇青面白，粉刺生不完，毛孔粗大，而且皮肤敏感。

肾为先天之本，肾的功能好的话，骨骼健壮，行动敏捷。如果肾阳虚，脸色青白无光，还容易生黄褐斑、粉刺、痤疮，如果肾阴虚，脸上不是出现黑斑，就是动辄潮红，也容易皮肤过敏，长粉刺痤疮。

　　走在大街上，如果留意的话，你会发现一些青春女孩面色无光，苍白晦暗，皮肤粗糙，斑斑点点，甚至年纪轻轻皱纹横生，这都是五脏不调的原因，再高明的化妆术都不能掩盖你的憔悴，唯一的方法，就是认真调理五脏：生活要有规律，不要睡得太晚，保证充分的休息时间。另外，《黄帝内经》中有记载：食物的酸味与肝相应，有增强肝脏的功能；苦味与心相应，可增强心的功能；甘味与脾相应，可增强脾的功能；辛味与肺相应，可增强肺的功能；咸味与肾相应，可增强肾的功能，所以饮食上不要挑食、偏食，保证营养均衡，尤其不要为了减肥把自己饿得五迷三道的！调理的功夫下到了，长此以往，自然眼里有神，面上有光，嘴唇红润，身轻体健，就是不用昂贵的化妆品，不去殚精竭虑地化妆，也能达到美容的功效。

　　所以，要想有天鹅般优美的脖颈，星星般明亮的眼睛，花朵般鲜润的红唇，小鹿般柔韧的身躯，丝绸般滑润的皮肤，从现在开始，抛弃不正确的生活规律和不正确的美容理念，从爱护身体，养护五脏入手方是上上之选。

　　如果说调和五脏是解决树干的问题，那么，下面该说说我们的"树根"，也就是灵魂了。

　　化妆固然重要，却绝不是生活的主要意义和目的。最浅层次的化妆才是给表皮的化妆；再深一层的化妆，是调理五脏，让光彩由身体的内部向外散发出来。如果说给表皮的化妆是塑料珠子发出来的浮光，调理五脏发出的光则是珍珠发出的光，是内在的光润。

　　而这还不是化妆的最深层境界。试想一下，一个妆容精细的女孩子，却谈吐粗俗无比，满口污言秽语，或者待人接物盛气凌人抑或扭捏作态，或和人交谈平庸、浅薄；而一个面目平凡的女孩子，谈吐文雅，待人谦虚，这样相比，哪一个的人气更高些？

所以，最高境界的化妆是给灵魂化妆，以改变你的气质。

与其三八，不如沉思；与其八卦，不如读书；与其追白痴版肥皂连续剧，不如多欣赏艺术；与其受了人生挫折痛不欲生，不如看到挫折背后隐藏的机会；与其看到陷入困境的人漠视不理，不如伸出你的援助之手，既帮助了他人，又提升了境界；与其受到金钱、地位的诱惑投怀送抱，不如自爱自尊。这样一来，即使你素面朝天，也会是美丽的，你的美丽来自于由内而外散发出来的气质。

有精神追求，有超脱物质生活层面的自觉的女孩，别人让你把大把的时间花在化妆和整容上，你也不肯，你宁可沉浸在自己丰富而充实的精神世界；而没有精神追求的人，因为有大把大把的青春可以花销，但却不知道该投往何处，于是就像一个暴发户一样一掷千金：化妆和整容、扫街、购物尚在其次，有的人会因为精神空虚沾染毒品，有的人会沉迷于寻找身体的快感，放纵自己。当你一朝醒悟，会发现青春已经过去大半，甚至早就已经在身后越走越远，而你揽镜自照，除了疲惫的面容和满心的沧桑，竟然一无所获，生命荒芜，如同荒原。

到了那个时候，除了家长里短和猫三狗四，你竟然再没有别的话题和别人沟通；除了白痴版电视连续剧，你竟然找不到别的精神追求；除了搓麻打牌，你竟然再也没有别的休闲娱乐方式，到最后，你就成了一个整天鸡毛蒜皮、家长里短、飞短流长、唠叨不休的寂寞老太太，堕落得没有任何美感……

可怕吧？

那还不从现在开始，给你的精神化妆，给你的灵魂化妆，给你的整个生命化妆？

把原定的要购买昂贵的一线化妆品的财力挤出一部分，用来通过饮食调理一下自己的脏腑气血，再买一本好书，看一场好电影，听一场有格调的音乐会，或者跑出去游览一下大好河山；把原定的要往脸上涂涂抹抹的大把时间，也挤出一部分，用来调整你的身体状况和提升你的精神境界，这样你的外在既没有蓬头垢面，全无美感，同时又精神焕发，身轻体健，灵魂丰润圆满，何乐而不为？

于是，当你的年龄越来越大，精神生活越来越丰富，哪怕满脸皱纹，不施粉黛，也会散发出一种惊人的美，就像一颗钻石，被岁月越打磨越漂亮；而不是一块黄土，外面被漂亮的珍珠粉包裹，随着岁月侵蚀，珍珠粉四散，黄土变成粉尘，消失在岁月里，一点都剩不下……

以上种种，即是化妆的层次。只有面貌、身体、心灵均衡发展，才能够美丽动人，不辜负大好青春。

第二节
事业之初，做一个怎样的职场新鲜人

22至28岁的女孩，基本上都是刚从学校毕业，开始了为事业打拼的生活。这个时候，对于职场老人来说，是一批新生代、生力军来了，对于你自己来说，是新一征程开始了，从此，在一两年的时间内，你都会被冠以"职场新鲜人"的称号。

怎么才能做一个合格的职场新鲜人呢？

小丽今年 26 岁，刚进这家公司两三年的光景，一天中午因为有事，第一次上班迟到，虽然当时心里忐忑不安，不过发现大家好像都没拿这当回事，就放下心来。谁知第二天主管就把她找去进行了深刻严肃的谈话，且指责她一贯的无组织无纪律自由散漫。她郁闷了：这个"一贯"从何说起？不过是一次迟到而已，平时自己明明工作认真，怎么在主管的眼里就成了吊儿郎当的人？

而且主管昨天并不在办公室，显然是有人给他告了黑状。她反省自己的行为，平时做事也不莽撞，而且很认真负责，很低调，为什么会有人这样对她？

没办法，她只好更加小心翼翼。但一批经她手检测的产品又出了问题，主任又把她抓过去训了一通，再一次把她从工作能力到工作态度都批得一无是处，上次午休迟到的事也给翻了出来。真郁闷。

她出来后，禁不住哭了起来，同事都围上来安慰了一番，一直对她颇为关照的前辈刘工也亲切地说："别难过，失误什么的很正常，挨训也很正常，别放在心上。"她勉强笑了笑，在周围貌似"真诚"的面孔里搜索了一圈，觉得谁都像"黑"她的人。真是知人知面不知心，她想。是和自己同期进入公司的同事吗？大家都是新人，都想出人头地，你不踩我不代表我不想去踩你。而且你看他们，有的目中无人，有的谦卑过分，随便拎出哪个都像是会在背后做小动作的人。

可是，第二天却有人告诉她，说自己亲眼见到刘工在主任面前说她坏话！小丽更震惊了：刘工是上面特地分派来带她的，算是她的师傅了，怎么会陷害徒弟呢？那人说你真傻，如果上司认定你一贯自由散漫，不认真工作，那你的工作功劳，他不就可以顺理成章占为己有了吗？

小丽心里发凉，感到了空前的别扭。刘工看上去还是那么慈祥和蔼，完全是一副对新人照顾得无微不至的前辈导师的模样。以前她只觉得敬重和温暖，现在却对这种春风化雨的长者风度感到毛骨悚然。

她闷闷不乐地下班回家，找朋友倾诉，朋友问他怎么回事，她如实告知，朋友想了一会儿，说："也许这是个误会吧？你平时是不是不爱跟他请教问题，只喜欢自己埋头苦干？"她辩解说："刘工虽说名义上是带我，可我实在没什么可以向他请教的啊——他懂的还没我多呢。"

朋友说："一般上点年纪的人，都会觉得空间正在被年轻人霸占，心理当然会不平衡。这时候哪怕年轻人有一点失礼的举动，都会让他们觉得人心不古，年轻人不懂敬老尊贤。而你偏偏老爱自己单干，把人晾在一边，人家当然不满意了。"而且，朋友叹口气，接着说，"我猜你平时肯定是不爱说话，不怎么和同事们交流的，对吧？我建议你把看专业书的劲头分出一点来和人聊聊天。"

她很不服气地说："可是我实习的时候就这样，领导说我工作认真，对我评价很高呢。"

朋友说实习的时候领导随时都在关注你，正式参加工作以后，领导的事情那么多，怎么可能老是把目光放在你身上，大部分时候还是要从别人那里了解你的表现。如果你过于孤芳自赏，像朵遗世出尘的白莲花一样，周围的人自然会觉得你心高气傲，然后就会觉得受到了你的鄙视，开始强烈反击。这次是一个刘工说你的坏话，下次就不知道会有多少人说你的坏话了。所以，一定要体味多数人的想法，有的时候就算明明不需要，也可以去请教请教前辈，和同事们聊聊天，套套近乎。他们心气平了，就都不会找你的麻烦了。

朋友的一番话让小丽豁然开朗。"要体味多数人的想法"，这个想法远比那种"受了伤害就要报复"的想法高明得多。

有人说："多思是优点，但多心则是缺点；怀疑并非全无必要，但猜疑则是越少越好；敏感是需要称赞的，但过分敏感则会使人脆弱。"的确是这样。职场虽如战场，但同事并非敌人，也许他的不通人情真的令前辈伤心、同事反感，所以他们在领导面前有意无意的唠叨才会造成领导对自己的恶感。于是，她开始有意识地改变工作作风，既专注于本职工作，又注意修缮人际关系，这样一番努力，她的职场生活果然顺畅了许多。

所以，二十多岁的女孩子乍一身处职场，除了做好份内事，在态度上保持必要的谦虚和低调之外，还要注意两个字：体贴。既要体贴前辈的心，又要体贴同事的心，更要体贴领导者的心，一方面用警觉筑一道防洪防涝防伤害的基线，一方面，再用体贴建一座暖心暖脾暖肺的小花园，不当职场白莲花，学做"体贴"新鲜人，这样才能在职场生涯中看得透、"玩"得转、吃得开。

林静是一家省级电视台新闻部的制片人。她工作刚满七年就做到这个位置，一没请客，二没送礼，更没有玩什么潜规则或被玩什么潜规则……一句话，这个位置是自己实打实地干出来的。

七年前，她22岁，从传媒大学毕业，通过招聘进入电视台新闻部。新闻部的制片人冯老师对她们要求很高，她经常下班后留下来对着摄像机做口播练习，冯老师也不断地"刁难"她，提问题呀，模拟现场呀，直到折腾得她累得说不出话来。和她同去的还有一个姑娘，受不了这种"虐待"，不到半年就抬腿走人，她却一直坚持下来。

做记者，要的不光是勤奋，还得要有眼力见儿。冯老师在一次出外勤时把她介绍给一个姓郭的部长，她马上拿出名片，双手递过去，等一行人的车到某会所门口停下来，她又连忙去替郭部长拉开门。他钻出车厢后，就笑着对冯老师说："你们这个小记者不错，有培养前途。"

这话夸得她很受用，节目也做得十分用心，想着这次肯定又逃不过一顿表扬了，结果片子做出来，冯老师居然批评她："一条一分钟的新闻，你包括进去那么多点，让人看哪个？"

她低着头，脸上发热。

过后，同事问她是不是生气了，她说没有，难得老师肯点拨，感激还来不及。同事欣慰地点点头，说你能这么想就好。干任何一个行业都得要谦虚呀，我们以前招的大学生，一个个都很高傲，太高傲了。

确实，现在的大学生给人的印象是不十分好，眼高过顶。她想：幸亏自己有一个谦虚的底牌在手里攥着，不然不劳自己主动辞职，说不定早被人家给开了。

当然，除了谦虚，做记者还有一个很重要的要求，就是敬业。

小林的手机从来不关，充电器随包携带，就是现在她自己做了制片人，也是如此，因为不定什么时候台长就会呼一通，让他找不到人，就死定了……

她的电视台记者之路走得并不容易，中间居然还被从新闻组踢出去一回。踢她的是那个看似厚道实则心机很重的副制片，可能是她看林静被冯老师重用，心理不平衡，不知道怎么在台长那里告了黑状，于是林静就被发配到了专题组。

专题组组长肯定也觉得她是凭脸蛋或者凭关系，所以一开始就很针对她，不让她跑一线，让她做校对。她把这看成熟悉专题写作的机会，做得尽心尽力。她想：成年人的社会一切靠实力说话，只要不轻易认输，哪怕被雪藏，也能耐心蛰伏到春风吹来的一天。

两年后，机会来了。

南方特大水灾。

台里出动了所有的人马，她也被派去一个受灾非常严重的偏远山区。看着灾民和失学的孩子们忙碌拯救家园和校园的情景，她深受触动，决定做一次非常规专题报道。泡在机房两天一夜，她做出来的节目里没有齐心协办抗击洪灾的镜头，反而是一个个孩子脸上向往读书的纯真的大眼睛，以及看着被毁校园时落寞的神情。审片的时候，听着孩子们用稚嫩的童音说："我要读书……"所有同事都眼含泪水。

半个月后，她再次奔赴这个山区，带着筹集到的钱款和文具。专题组的制片人，这个一再打压、雪藏她的人，郑重送她出行。上了火车才发现，冯老师也在，这个金牌制片人居然要亲自给她做节目！

不久，林静又回了新闻组。这次她是来就任副制片的，原来的副制片混不下去，已经辞职走人。三年后，也就是今天，冯老师出国，她当上了新闻组的制片人。

其实林静也没有三头六臂，她是一个普通的女孩子，只不过靠着勤奋、谦虚、努力、不轻言放弃走到现在，有这些基本品质打底，所以拥有了一个充实而有价值的人生。

所以说，刚入职场的年轻姑娘们，切忌高傲，不要向往着过什么清清闲闲的优雅人生，低调、勤奋、忙碌、拼搏，甚至有的时候不计报酬，才有更大的发展空间。

日前，和一个日报副刊部主任闲谈，说起现在年轻人很精明，甚至只问收获，不问耕耘。她说："不问收获，只问耕耘，能这样做一件事的人，这件事对于这个人，是真的心头爱。越是这样的人，越能成为了不起的人。一边问耕耘，一边问收获，一般情况下，农民都会这么做——耕耘不就是为了收获么，所以这是行事踏实所具备的最基本素质，他们明了耕耘和收获之间的关系，也知道种瓜不会结出豆子，所以就踏踏实实。想要豆子，就不种进去瓜种。未曾耕耘，先问收获，这是行事机巧的职场人的做法。未曾努力，先要问一番这份努力值得不值得。这样做未必是坏事，这是一切商业化，连智力与体力、辛劳与汗水也商业化之后的一种斤斤计较的做法。现代的职场新鲜人，往往最喜欢这样做。很精明，只是大多数时候精明得有点过头。恰恰是这种看似的精明，阻碍了自己的人生。"

她说得很有道理。

曾经有一个小同事，刚毕业分配到我们单位，才二十多岁的小姑娘，平时工作时能少干不多干，能不干不少干；评先进的时候一个劲地往前冲。这还不算，有一次大家凑钱吃火锅，她瘦条条的身子，一筷子接一筷子，大家都停下了，她还不停，嘴里还说："我出了钱，不吃回来不就亏了？"别人虽然不说什么，但是都交换一个不屑的眼神。这样的精明其实不是精明，十多年过去了，这个小同事在单位里境况一般，成绩提不上去，人缘也很不好。

　　当然，还有一种情况：不问耕耘，只问收获。这是寄生虫的做法，我们更不要学它。

　　另外，有的女孩子在单位上班，不认真思考如何提高自己的专业技能、业务水平，却把时间花在钩心斗角、溜须拍马、嚼舌根、乱翻是非上面。我见到一个女孩，刚出大学校门，戴着眼镜，文文弱弱的样子，工作起来很不起劲，但是一旦说到是非八卦的话题，马上眉毛乱飞，鼻子眼儿乱动，嘴巴一刻不停，那份沉浸其中、陶陶然醺醉的模样，教人瞠目结舌。据说她在大学里就是这样：看见平时素颜的老师化了淡妆，推测老师可能是约会，宁可放弃下午的考试机会，跟踪人家；看见漂亮的校花坐上一个老男人的车子，推测校花被老男人包养，偷偷跟踪人家；跟男友去 KTV，看见男友的朋友的女友，就大声问人家："听说你给你的前任打过胎？"毕业后，到男友家做客，在大街上看见男友的姐夫和一个年轻女孩甚是亲密，就在团团围坐的饭桌上，对姐姐说："姐姐，你知道姐夫有小三吗？"搞得大正月里姐姐和姐夫就离了婚。男友的大姑跟男友的奶奶借钱，她跟男友的妈妈说："奶奶又没有退休金，天天跟着您过，我大姑借钱，她那么痛快就借给了，她肯定是花的您的钱。"

搞得婆婆、奶奶，大姑子，势同水火。在单位里所有的人都像防贼一样防着她，怕她搬弄是非，偏偏就防不住，整个单位都被她搅得一团糟。

怎么会有这样的人，简直是危害苍生。男友不堪忍受，提出分手；领导不堪忍受，对她严厉批评，她还不知道自己错在哪里。

我们被生活的惯性指使，天天遵循自己的轨道行事，却很少跳出来看看惯性的方向对不对，轨道的走向对不对，结果就冲着南辕北辙的结果一路俯冲而去，本来想追求幸福，幸福却越来越远。如果跳出来，从别人的角度看自己，就会发现自己是多么的无聊和无趣。

说到底，要做职场人，还是要做一个勤奋、踏实、上进、有追求的职场人，否则真的就浪掷了青春。

第三节

边工作，边快乐

学妹走上工作岗位四年了，她最近很不开心，向我倾诉：工作时间越久，最初的新鲜劲过去，现在特别倦怠、乏累，当初的壮志凌云演变成如今的麻木不仁，生活的重压活活把人挤得变了"心"、走了"形"，想快乐而不能。

这种情况其实不是个案，在不同工作经历的女孩身上不约而同地发生。

那么，请反思一下：你对薪酬满意吗？对上司满意吗？对自己的发展满意吗？对工作环境满意吗？对工作量满意吗？对人事安排满意吗？对周围的同事满意吗？

你是不是对一些小事特别在意认真？是不是无论干什么心情都好不起来？是不是身上感到莫名的疼痛但怎么也查不出毛病？

假如你对前面七个问题的回答，仅有一个"不"，或者一个"不"也没有，恭喜，快乐已经与你同行；假如你把头摇得像个拨浪鼓，一个劲地"不不不"，而对后面的三个问题的回答就像鸡啄米，"是"个不停，那么，很不幸，你就算风光无限，也欺骗不了自己的心：你不快乐，很不快乐。

现在有许多猎头公司在物色人才时，都格外强调一条：要有快乐工作的能力。我们不妨反躬自问：这种能力，我有吗？如果没有的话，不妨向《西游记》里的几位大神学一学。

能力之一：像孙悟空一样，轻松化解生活烦恼

27岁的丁丽近来觉得窝心透了：刚结婚两年，如今爱人被原单位辞退，一时找不到工作；自己本来是学中文的，却进入一家大型超市当会计，跟枯燥无味的数字攀上老亲，这样的日子，真过不下去了！

其实，过不下去的不仅她一个。工作不久、结婚也不久的小敏也是这样：她今年25岁，老公换了一个又一个工作，哪个都干不长；她自己也是学非所用，原本是法律系的高才生，梦想着当律师

的，却阴差阳错，给人当起了秘书，手里时刻有一大堆烦人的活儿。而且，父亲有病，妈妈年老，全凭她一个人照料，比丁丽的烦心事还多。可是很奇怪，从来没见过她愁眉不展的样子，妆化得精致，着装也光鲜，神情灿然，没事逛逛街，还有心情看一两场大片，回家路上买条鱼，给老公煲汤喝。她的思路是这样的：老公之所以频繁换工作，是因为找不到兴趣和能力的契合点，一旦找到了，就稳定下来了。父亲病了，看就是了；母亲老了，养就是了；自己的工作和专业"驴唇不对马嘴"，怕什么？可以参加司法考试，将来照样能够当律师。

民国才女张爱玲说："生活是一袭华美的袍，内里爬满了蚤子。"所以世界上就出现了两种人，一种人专注于生活的美好，一种人专注于生活的痛痒折磨。看问题的角度不同，带来的心态也不同。在这个方面，我们应该学学孙悟空。

奶牛快乐多产奶，母鸡快乐多下蛋，孙悟空最快乐的时候就是自由自在地在花果山称王。后来侍奉唐僧西游变成他的正式工作，这么一个飞毛腿的急性子，跟着一个温吞水一样的老和尚，走那十万八千里的长行路，如果不给自己找些快乐，就活活憋死了。所以他就算干正事也不忘找乐：捉弄八戒，戏耍妖精，没事拿唐僧开开涮，就是天上的神仙，他也敢玩一玩。所到之处，笑声一片，别人的快乐加起来，也没有他一个人的快乐多。

能力之二：像沙僧一样，不让情绪左右工作

今年 28 岁的李敏原本毕业于名牌大学，如今却在给一家工厂看仓库。当初多少大公司争着要她，她千挑万选选定一个，进去之后发现同事们很"浅薄"，许多先进理论都不知道，于是她没事就指点江山，激扬文字，义务授课。人家不但不领情，反而说她好为人师，目中无人。她一腔激情化作满腹郁闷，从此对谁都不瞅不睬，做事拖拖拉拉，说话半阴半阳，搞得职位一降再降，从一个部门经理，降到一个小秘书，再降成一个普通文员，到最后只落得被贬仓库。

25 岁的小娜与她恰恰相反。她只不过中专毕业，当年什么都不懂，全靠她手把手地教。知道自己底子薄，她从来都谦虚谨慎。受到领导表扬，她的尾巴也不往天上翘；受到同事排挤，她也不摆出一张臭脸给大家看，整天和颜悦色的。于是，这一路走来，小娜成了部门经理，独当一面，以前她归李敏领导，现在李敏归她领导。

职场沉浮不定，今儿西明儿东，很容易导致自己心态失衡。我国古代就有"大怒伤肝，大喜伤心，思虑伤脾，悲忧伤肺，惊恐伤肾"的说法，所以我们要学沙僧：你看人家，上不着天，下不着地，两头够不着。他既不像猪八戒又傻又奸，少干活多吃饭，也不像孙悟空性子急，脾气大，动不动轮"哭丧棒"，而是本着"逐日摩肩压担，终能修成正果"的信念，挑担长行，终到西天，修成金身罗汉。他的法宝，就是心态平和，不让情绪左右工作。

能力之三：像猪八戒一样，"糊涂"过生活。

梅子今年 23 岁，进入这家公司才不过半年，最近老是"绯闻"缠身，今天和甲约会啦，明天又和乙约会啦，昨天刚跟哪个帅哥分手啦，作风太轻浮啦……追根溯源，原来是同一个办公室的三姑六婆们泄露出去的——女人们最爱传这些小道消息了。梅子气得在办公室大吵大闹，挨个质问，轮番对证，搞得草木皆兵，最后几个人联名打报告，请求领导把她调离。

和她一般大的阿娟比她的处境更糟。她刚和新婚半年的丈夫办了离婚手续，整个事件一波三折，办公室里的几个人始终密切关注着，一有风吹草动，马上就传得满城风雨的。这些事情阿娟都知道，但是行若无事，根本不去大规模地质问和谴责。有朋友告诉她："哎呀，王姐说你这个人怎么怎么样……"她一笑："管她呢。"她是这样考虑的：人家只是快活一下嘴皮子，自己就得搭上千金不换的快乐，何必呢？

西谚有一句名言："不知道的事情，不会伤害你。"其实就是鼓励人们做一个没心没肺的糊涂家伙。猪八戒这一点做得极好。这家伙要才能没才能，要口齿没口齿，老被孙猴子欺负，但是他一转眼就忘了，仍"猴哥"长"猴哥"短的。他单纯，他"糊涂"，所以他快乐。这种糊涂里有一种大智慧，就是把自己从当事者的身份中抽离出去，用第三者的眼光看问题，这是跳脱出情绪低潮的最佳快捷方式。

说到底，既然入了职场，那就要明白：你是来工作的，不是来斗心机的，职场厚黑学没必要，一个心眼分八瓣的日子得不到快乐；你是来工作的，不是来卖"笑"的，浅薄无聊的荤段子只会让你显得无聊，绝对不会带来快乐；你是来工作的，不是来哄孩子的，没义务给别人当没完没了的开心果，这样乐了别人，苦了自己，结果南辕北辙。

事实上，快乐不需要理论，只需要方向。在人生的道路上奔走

匆忙，如果还能想得起来停停步，把重沉沉的行李卸卸肩，擦一把额上的汗，望一望远处的如黛山峦，野花野果香气不断，你就会明白：快乐就在身边。

第四节

当爱情来临，学会倾听自己的心声

22岁到28岁，人生最丰茂华美的年华，爱情总是和这个年龄段的女孩子伴生，就像花儿开放，就一定会有飞舞的蜜蜂。只是这个世界上，有些爱情，并不是像阳光那么灿烂，月光那样纯洁。在世俗影响下，爱情也出现了一些不好的形态，比如予取予求，污泥浊水一样的爱情：男人可以花钱买女子的美貌和青春，女人可以用美貌和青春来置换名包、钻戒、别墅、豪车，甚至还把"宁在宝马车上哭，也不在自行车上笑"引为圭臬。

好吧，没什么不可以，只要你快乐。问题是，姑娘，你真的快乐吗？

另外，这个世界还流行寂寞。人人都像一块空虚的海绵，在孤独漂流的过程中，任何水分都可以对他构成强大的吸引，充满自己的愿望如此迫切，以至于显出病态的饥不择食。我把它称为"海绵爱情"。随着水质的不同，被爱情充满的海绵也可以散发出不同的气味。芳香的果汁可以让海绵变得好看和芳香，透明的清水尽显海绵本色，而黑乎乎的脏水却可以让海绵变得奇臭无比。轻易进去的水分也可以轻易挤干，用来装更诱人的爱情。

海绵爱情是对"你侬我侬"的真情的放逐，对一生一世的爱恋的抹杀，对只能充饥的快餐的营养作用的夸大，对人性中的真善美成分的亵渎。连真实都一笔勾掉的爱情，我无法承认他真的在爱着，在奔突的海绵体里，蕴藏的也许只是动物性质的激情和欲望。

如果说真正的爱情是精神层面的盛宴，那么海绵爱情只不过是一次次廉价的快餐。真正的爱情"千帆过尽皆不是"，海绵爱情则"一山过了一山迎"，不对，一水过了一水迎。真正的爱情毕生也许只爱一次，但这一次也许成全或毁掉人的一生，海绵爱情一生爱呀爱了无数次，到最后要死了，居然想不起来到底爱过谁或被谁爱过。轰轰烈烈的虚无是海绵终于挤掉水之后呈现的真空状态，是真的空，没有价值，没有意义，没有回想，没有渴望，你记不起谁的同时，也没有谁记起你，猛烈追逐爱情，却被爱情遗忘——典型的海绵爱情的典型的海绵下场。

这样的爱情，你真的想要吗？所以，在空虚寂寞的心态下，遇到的一点温暖，不见得就是爱情，请小心。正在芳龄的女子，最忌讳的，就是投身这种所谓的"爱情"。

身处这个年龄段，虽然看起来成熟，但是又有许多的迷茫；虽然看起来长大成人，但是又对情感有许多的未知和不确定，那么，当爱情来临的时候，一定要学会倾听自己的心声，认真甄别爱上的是一个什么样的男人，而你想过的生活，和你爱上的这个男人是否匹配。

有的男人，把毕生精力都放在事业上，这样的男人可以仰望，不可托付。

有的男人，爱的时候不惜为了你和整个世界闹翻，不爱的时候把你搁在雪洞，一耗就是半辈子。说他没良心，不对，说他没爱心，好像也不对。他温柔的时候挺温柔，那是他在乎你；他冷酷的时候当着你的面和别人打情骂俏——专门气你。这种男人，爱的时候，他是"爷"，不爱了，他是"活土匪"，无论哪一种，都三十六计走为上。

有的男人，特别特别的温柔博爱。这种男人通常一生中陪伴过不止一个女人，却又不是花心大佬，浮浪子弟。哪一种女人他都是真心对待，爱起来尽心尽职，温柔似水。所有女人都可以从他那里分些惠，而他周旋其中，游刃有余。这样的男人心很大，可以分成多个宫室，幸福劲像皇帝。每个女人都愿意把他独占住，不可能的情况下，他只好让这些个女人把他分而食之。问题是，你愿意要一个男人的几分之一吗？

还有的男人，到处跟人认亲：我认识某省长，我认识某市委书记，我和中央某人有什么什么样的关系……其实真正有能量的男人，早大笔一挥有什么事办什么事，何至于喋喋不休磨那三寸不烂之嘴皮子。但是女人好像就吃这个，听着男人吹得天花乱坠，自己也开始意乱情迷——男人虚幻的权势催化出女人真实的情欲。这种男人不缺乏，很可能你爱上的就是这么一个人。如果你听到他在喋喋不休地吹嘘，一定要小心。

还有的男人，资本有限，虚荣心蛮大，买刚消费得起的打折名牌，固定出没在几个牌子的咖啡馆，吃饭不是吃饭，吃的是圆木装修和萨克斯。可是偏偏这样的男人最对浪漫女孩的脾胃，只不过和这样的男人过日子，得整天端着，累。

还有的男人，根本没有心，随时准备响应你的召唤，等你上了勾，又准备随时踢走你，他好赶着去响应下一位。找这种男人，哭去吧！

还有的男人，永远都是那么干劲十足，热情冲天，睡着觉都盘算干什么最挣钱。既有能量又不计较自己身份，山南海北乱跑，哪里有钱挣就往哪里钻。回家来把钱往女人怀里一塞，放倒头就睡。跟着这样的男人过日子，别想着那么多风花雪月的诗意，不然会搞得两个人都怪没趣和不好意思。但是，真想过日子的女人，还就是找这种男人，没错，将来准能把你们的小日子过得踏实、实在、实惠。

还有的男人，纯粹就是毛头小伙子，爱你了爱得翻天覆地，吵架了气得你七荤八素，粗心了恨得你咬牙切齿，温柔了又像个气锤，连鸡蛋都碰不碎。你如果心脏够强劲，没说的，嫁！不过，你如果想过安静日子，那就免了。

还有的男人，上班就兢兢业业上班，到家了扎上围裙："我爱厨房，我爱厨房，我要为你煲一碗靓汤……"这样的男人，成熟、稳重，虽然落伍，但是讲责任。虽然挣钱少，但是挣一块就能给你花一块。如果不讲虚荣的话，倒是可以作为考虑的对象。

最怕的是那种小男人，黏黏糊糊，千万不敢沾身，沾身就没办法清理干净。以至于多少年后，他还会成为你的噩梦，一时兴起，追得你上天无路，入地无门。我就听说过这样一朵奇葩，在火车上女孩子给他一个面包、一根火腿肠，他就认为人家对他有意思，天天给人家打电话、发短信。人家明确拒绝，他就非说女孩子是爱他却不好意思表白，直到闹得上了电视，他还在那里洋洋得意，觉得自己魅力无穷。我有一个朋友，就不幸嫁给这样一个男人，没想到他赶潮流养了二奶。朋友愤而离婚，没想到这个小男人转回头来又开始追着要求复婚。朋友谈一个对象他给弄得吹了灯，再谈一个再弄得吹了灯，结果没奈何看在孩子的面上重新过成一家子。复婚之

后，他又开始和原来的二奶不清不楚地混。这种男人不知道怎么去爱一个人，却以为死缠烂打最容易表白自己的心。他们最大的毛病就是把爱搞成纠缠，女孩子遇见了，一定要明确拒绝，不给他留一点念想。

其实，对于这个阶段的女孩子来说，如果自己心动了、爱上了，那其实是无所谓对与错的，萝卜青菜，各有所爱，爱上谁都有理由，一切选择都是正当。若是别人爱上了你，那你一定要看清楚他是什么样的人，抱持什么样的信念，怀着怎样的目的，值不值得托付终身。

听从自己的心声，爱一个值得爱的人。

第五节
找一双适合自己的婚姻鞋

这个生命周期的女孩，在继爱情之后，婚姻紧接着提上了日程。都说婚姻如鞋，舒服不舒服，只有脚知道。为了走好以后的漫漫人生路，就要考虑清楚，自己到底需要一双什么样的婚姻鞋。

小清今年 26 岁，谈过两次恋爱，都失败了。她在一家超市工作，收入不高，将就着够自己生活开支。原本她还做过一些玫瑰色的梦，希望遇见一个白马王子，可是现实让她明白了，自己就是一个其貌不扬的女孩，也没有很大的能力，也没有什么才气，想要让杰出的男孩子看上自己，可能性微乎其微。

也有一个男孩喜欢她，她又嫌弃对方个子太矮，其貌不扬，收入太低，家境不好。她想，既然好的男人找不到，那些普普通通的男人自己又不想嫁，还是单着吧。

没想到，机缘凑巧，媒人给她介绍了一个男人，真是很不错：个子高高的，面貌冷峻，是本地医院的医师，工作既稳定，收入也高。家在本城，父母早早就给他预备下了婚房。她原本是自卑的，

觉得高攀不上，当他向她抛出了橄榄枝，她真是受宠若惊。同学聚会时，感受着别的同学的又羡又妒的目光，她心里满足极了。有一次，她还听见别人议论："真是走了狗屎运，她竟然能找着这么好的男人。"越是这样，她越是挺胸抬头，觉得自己个子都长高了不少。

交往不到半年，她就匆匆地和他结了婚。婚后才发现，这个男人性情极度暴躁，动不动就对她大呼小叫，新婚第三天就向她挥起了拳头。看着她倒在床上哭泣，他坐在沙发上不理不睬。夜深了，他自顾自呼噜打得震天响。次日，她使性子不肯吃饭，他就自己跑外面大吃二喝，任凭她饿着。就这么冷漠。

她真是后悔。光是看见这个人的外部条件好，觉得带出去有面子，脸上有光，却忘了细细探究一下：他爱不爱我？后来她才知道，这个人因为暴躁、自私、冷漠，女朋友交一个吹一个，家里人催着他结婚，才匆匆娶了她。

事实证明，这双婚姻鞋太难受了：家里冷如冰窖，她病着都喝不上他给端的一杯热水。明明他自己就是医生，她还得拖着病体自己去看病……但是，听着亲戚、朋友、家人艳羡的话，她又觉得：难受就受着吧，以自己的条件，找着一个体面的丈夫，还有什么好多作要求的呢？只是有时候，看着镜子里那张得不到爱情滋养而显得暗黄的脸，觉得如果从头再来，好像也没什么不好……

小清的遭遇，很大程度上，是她自己造成的。给自己立了一个虚荣的目标，当标的出现，来不及细细甄别，一头扎了进去，不上当才怪。她把伴侣当成门面，于是婚姻就成了一件"面子活"；她想通过婚姻证明自己优秀，于是就不得不承受那些隐忍的痛苦。说到底，婚姻必得要有爱情作基础，否则，别说根本经不起岁月风霜的消耗，从根儿起就是一根毛刺刺的狼牙棒。说到底，鞋子是用来走路的，不是摆着给人看的。

23 岁的丽孜爱上了一个人，但是又陷于困惑，举棋不定。

因为这个男人已婚。但是他对她真的很好，两个人刚开始交往的时候，她并不知道对方已经结婚，而且还有一个儿子。当她知道后，质问他，他就跪在她面前，自己打自己耳光；她不肯再见他，他就在她的楼下等她一晚上。她下楼，当着小区里的人来人往，他扑通一声就跪在她面前。他说："我爱你，你别离开我，你离开我，我就去死。"

她心软了，扶起他来。他紧紧拥住她，喃喃地说："我马上就去离婚，然后娶你。"

他说到做到，为了和她在一起，把老婆暴打一顿，逼着老婆离了婚。儿子判给了前妻，他净身出户，然后，三下五除二，迎娶她过门。婚后，两个人住在租来的房子里，他用她的钱开店，做一点小生意，她天天除了上班，还在店里打杂，报酬当然是没有的，她觉得，两个人过得快乐而甜蜜，就是最大的报酬了。

然后，有一天，一个女人上门讨要抚养费，却不是他的前妻。他二话不说，又狠狠地打了那个女人一顿。她震惊了：这是怎么回事！他瞒不住，只好交代：他离婚的这个前妻，不是他的第一个前妻，而且儿子也不是唯一的儿子。他离过两次婚，每次婚姻都有一个儿子，只不过都判给了前妻。这还不算，他还有一个私生子，孩子的妈妈没有跟他结婚，自己带着孩子。来的这个，是第一个前妻。他说："这个女人太不要脸了，知道我没钱，还天天追着我要孩子的抚养费。我总不能拿你的钱给她吧，是不是？"

她如遭雷击。"我们离婚吧。"她喃喃地说。

他扑通一声跪在她面前，又一次自抽耳光，说："亲爱的，你放心，我不会搭理她们的，我的心里只有你。那几个孩子的抚养费，我有钱就给，没有钱她们也不能拿我怎么样。我们安安心心过日子，你放心，我会一辈子对你好。"

她觉得这真是一个很大的承诺。女人本来就是图的男人的"好"，他都承诺了，那就再相信他一次。没想到，随着时间的推移，甜蜜劲过去，男人开始夜不归宿，拿微薄的赢利去赌博，去跟人开房间。她挺着大肚子去找他，也被他一巴掌甩在脸上。当初承诺的那个"好"哪去了？她追悔莫及。

我们可以说丽孜点背，这么极品的渣男被她撞见，可是，她本来可以在关键的两个节点看清楚，早回头：一个节点是她得知男人是个已婚男的时候——已婚而和别的女人发生婚外情，本身就是对家庭不负责任的表现，这样的男人能要吗？第二个节点是她目睹男人揍他的第一任前妻，而且向她坦白自己的不堪往事，并且承诺可以不负责三个儿子的抚养费——这样暴力的男人，能要吗？这样处心积虑隐瞒婚史和情史的男人，能要吗？这样不负责任的男人，能要吗？居然还不肯早回头。结果越陷越深，自己也怀了孕，而且也遭遇了他给予的家庭暴力，也尝到了他对家庭的不负责任。当然，若是知悔，痛下狠心，任何时候都是节点：当下就可以离开、摆脱、重生，就看她有没有勇气。

丽孜的遭遇告诉我们：挑"鞋"的时候，一定要睁大眼睛，看个仔细。

还有一个女孩子，一直哭，一直哭。

她怎么会有那么多的眼泪，还有那么深青的黑眼圈。她的嘴角下撇，合不上，闭不拢，眼泪洒得胸前一片水痕。大学四年，毕业后和男友同居。男友说宝贝，你就在家里照顾我好了，我在外面赚钱养你。男孩实现了他的诺言，真的风里来雨里去，吃辛吃苦地赚钱养她；她也实现了他的期望，真的在家里给他洗衣做饭。他出差十二天，带十二双干净袜子走，回来拿回臭袜子十二团。

她逐渐养成了晚上不睡，白天不醒的毛病，一旦醒着就想知道他在做什么，和谁在一起，然后给他打电话、发短信。他烦了，不肯回，她就越发焦急，不知道他怎么了，是不是自己哪里做得不对，是不是他和别的女人在一起。回来就吵，就怒，搞得男友不愿意回家，回来也是往沙发上一躺，不肯说话。愈是这样就愈是吵，愈是怒，男友就愈是不愿意回家。男友给她报了班，让她出去学习，不要总是把注意力放在自己身上，她去了两天就不肯再去；男友给她找了工作，让她出去，她也只去了两天就不肯再去。她说自己再也适应不了外界的生活节奏，她就想和他在一起，就想待在家里。

然后他提出分手。她的天塌了——她才 26 岁。

你看，把男人当支柱的后果就是自己没了脊梁骨，不但受伤，而且恐惧，这份恐惧能活活地把人逼疯。哪怕是打短工、洗盘子呢，也一定要有自己的一份收入，在输掉爱情的时候，可以保有尊严；而有经济支撑的、有尊严的活法，更容易让你赢得爱情和保有爱情，不但步入婚姻，而且保有幸福。

这个女孩子错就错在，误以为鞋子不但是用来走在婚姻路上的，而且连自己的衣食住行也要一起包办。可是，鞋子它不是饭票啊。

　　在我们摆正了对婚姻的态度，调好了对它的期待值后，就可以想清楚到底需要一个什么样的男人和自己步入婚姻了。

　　首先说，生活中没有完美的男人，所以要尽早、尽快地掐灭心中的白马王子梦。而且，如果一个男人对你满口甜言蜜语，好上加好，也要多加小心——说不定他对你好的同时，也对别人好；或者今天对你好，明天对别人好。所以，不要拿"他对我好"当作衡量一个男人的唯一标准。还有，不要妄想去改变一个男人。如果他爱赌，你不要想"他会为了爱我，不再赌博的"；如果他爱嫖，你不要想"有我在，他就不会去嫖了"。爱情是很有力量，但是没有大到可以改变一个人习性的力量，别对它过分美化。若是遇到有劣迹、劣行的男人，没得商量，能走多远走多远。

　　至于我们自己，没有谁不愿意张牙舞爪、完全自然态地生长，而且希望步入婚姻之后也是这样。问题是，婚姻是两个人的事情，你张牙舞爪了，就必然侵占别人的生存空间，所以该收敛的还是要收敛一下。对照自己看一看：如果你是那种动不动就抹眼泪、哭鼻子、依赖心重的小女生，就要有心理准备，在步入婚姻的时候变得坚强——婚姻啊，不是公主的粉红城堡，要面对很多的事情，光让男人替你坚强可不行，一旦人家跑了，你就傻了；如果你是那种横冲直撞、七个不服、八个不忿的大女人，就要有心理准备，在步入婚姻的时候变得温柔——婚姻又不是战场，你总是剑拔弩张，小心吓跑老公；如果你是完美主义者，就要接受婚姻的不完美和爱人的不完美——生活本身就不是完美的，别为难自己，也别为难爱人。千万不要梦想着天上掉馅饼，吭当一声，掉下一桩完美的婚姻正好砸中你的脑门——那极有可能是个粗糙、沉重、一点都不完美的铁饼。

努力吧，美好的婚姻等着你。加油，第四个生命周期的女生！

第六节
做一个智慧型女子，让美丽由内而外

22岁到28岁，既是女子的全盛时代，也是女子的分水岭。若修炼得好，会在以后的岁月里加增智慧，美丽由内而外；若不加修炼，会在以后的岁月里变得粗糙、庸俗，整个人愈来愈具备廉价的毛玻璃一样的质感。

那么，我们需要向着什么方面修炼，才能做智慧型女子呢？

做一个智慧型女子，既不能缺少做梦和使梦想实现的勇气，也要拒绝为自己明码标价，沦落为庸俗商品，最重要的是要笑对生活。此外，不能缺少鉴别的能力：知道有些人口中说的"我爱你"，其实都是虚情假意；知道哪些人是好的，而哪些人自己要敬而远之。承认品格的存在，并且能够鉴别人的品格高下。

"智慧"有的时候，不能和"聪明"画等号。二者虽有部分交集，亦有很大分歧。

如果你听了别人的话，马上就能听懂对方的弦外之音；可能仅通过对方的脸色，就能判断出对方高兴不高兴，然后根据这些"情报"做出恰如其分的反应，从而博得对方的好感，这种能够察"颜"观色的本领，说明你的高情商，也说明你很聪明。《红楼梦》里的王熙凤，就是一个十足的聪明人。林黛玉初入贾府，贾母搂着她大哭一场，然后向她一一引荐贾府的长辈和姐妹。就在这时，王熙凤来了，黛玉向她见礼，她携着黛玉的手，上下细细打量了一回，仍送至贾母身边坐下，因笑道："天下真有这样标致的人物，我今儿才算见了！况且这通身的气派，竟不像老祖宗的外孙女儿，竟是个嫡亲的孙女，怨不得老祖宗天天口头心头一时不忘。只可怜我这妹妹这样命苦，怎么姑妈偏就去世了！"一边说，还一边用帕拭泪。这番话，明着是夸黛玉，实则夸贾母："这通身的气派，竟不像老祖宗的外孙女儿，竟是个嫡亲的孙女。"贾母让她不要再提黛玉母亲过世的话，免得再惹自己和黛玉伤心，"这熙凤听了，忙转悲为喜道：'正是呢！我一见了妹妹，一心都在她身上了，又是喜欢，又是伤心，竟忘记了老祖宗。该打，该打！'"听听，若是真的伤心，能够一瞬间就转悲为喜吗？分明就是察贾母之颜，观贾母之色呢。虽然她说是忘记了老祖宗，实则一时一刻也不曾忘，却是又话里话外透着对黛玉的亲近，正正好可以讨得贾母的欢心。所以说，王熙凤是个真正会察言观色、会说话的聪明人。

但是，若说她有大智慧，却又错了。她行事贪婪、待下人苛酷，以至于后来一败涂地，不可收拾。

《红楼梦》里有智慧的女子，当首推宝钗。她虽也生于大富之家，但是注重修心，低调做人，既和姐妹们相处和睦，又能够善待下人，还能够惜老怜贫，而且凡事克己。虽然她最终只落得一个

"焦首朝朝还暮暮，煎心日日复年年"的结局，但是没办法，是她生不逢时。而在那样寂寞凄苦的日子里，有她的人生智慧打底，也会比别人好过一些。从她身上，我们还可以学到一个道理：稳静淡定，不要喋喋不休。光顾说话了，大脑就没空想问题了，眼睛也没有时间去观察。一张嘴把别的感官通道都给堵塞了。

那么，要做智慧型的女子，有哪些通道呢？

读书可以增加智慧，这是共识，而且它是取得智慧的最便捷通道。只是现在学习和工作的节奏都快，想要抽出较多的时间读书，可能不太现实，但利用闲散碎余的边角料时间是完全有可能的。一个朋友介绍自己的心得：近期阅读了英国作家乔治·奥威尔的《1984》和清代纪晓岚《阅微草堂笔记》，就是等开会的时候，甚至在饭桌上，或者坐车去办事的路上，想起来就拿出手机上的电子书扫几眼，就这样锱铢积累地看完了。

另外，还要善于观察。所谓"世事洞明皆学问，人情练达即文章"。"人情练达"是聪明的范畴，"世事洞明"就是智慧的范畴。一件事情发生，你可以预测到它的后续发展，一个时代来临，看似一切乱纷纷，你能够看到它的主线。这个，就叫作世事洞明。

还要学会自我反省，并且养成习惯。女人天生的容易比男人修习智慧学分，因为女人的心易静。男人在外征战杀伐的时候多于女人，争胜斗强的时候也多于女人，忙于世俗的时候，心就容易连天播土扬尘。当然这样的女强人也有，但是较多的情况下，女子还是更容易心静心安些。外部世界安静了，就可以内观，看到内心中的风起云涌。内观更容易增长智慧，所以古人才会说"吾日三省吾身"。

　　但是，女人好像又更关注于眼前的事情，所以又会被贬之以"头发长见识短"。古代的女子一生蓄养长发，被养深闺，大门不出二门不迈，想长见识又何可得也？现在这种生活范式早被打破，这句话完全可以作废，只要女人有意识地把眼光放长远，把胸怀放宽阔，必定智慧不输男人。

　　女人还有一个弱点，就是一切容易信命。际遇好的时候说是上天眷顾，际遇不好的时候就会喋喋不休地抱怨："哎呀！我的命真坏呀！""我的运气真糟！"然后什么也不干，坐待英雄救美。

　　真正有智慧的女人是不抱怨的。好事来了，不受宠若惊，坦然地享受；坏事来了，不怨天尤人，平静地接纳。既不抱天怨地，也不责难他人，更不责备自己，只是按照球场规则，球来了，接住它，处理它，然后抛出去给下一个人，自己的任务和使命就算完成，然后继续过自己平静而丰富的人生。

　　智慧的女性总会给自己经营一个人生的后花园。

　　我的一个学生，大学毕业三四年，去年结婚。我去过她家，真美。她家里到处是花，大朵大朵的向日葵，假的，挂真的树桩子上。树桩子蹲在墙角，两个丫杈，像是小丫鬟头上的两个抓髻。长长的吊兰，吊在草编的挂帘上。尖尖的斗笠，从海南千里迢迢背回来的，铺着一朵一朵少数民族风味的金花。青铜的香炉本身就是一朵花，层层叠叠黑黯的莲花瓣。墙角一盆一盆的花。这些都是真的，油绿油绿的叶。

　　用她家的青瓷白瓷开片的杯饮着淡黄淡绿的茶水，耳边听着若隐若现的音乐，眼看着香炉升起袅袅的烟。树皮卷成的筒里盛着香，盖一个手绣的花布盖。

卧室里放着衣架，也是一个大树杈。这根杈子上挑一件大衣，那根杈子上挑一根围巾。墙上贴着一片一片绿的叶。地上还跑着只小泰迪狗，卷卷的毛，时时刻刻像在笑。还有一只大白猫，稳重得像香闺小姐，蹲在那里静静看着我。

和女同学一同去听国学课，夜深借宿她家，结果就像一只蚂蚁住进了一朵花。我羡慕她。

她刚毕业的时候来过我家，我们先在老旧的土城墙游玩，折了几枝榆钱，然后回家围坐喝茶。桌是普通的餐桌，茶是普通的清茶。她却寻来一个茶杯，巧手一摆一弄，把几枝榆钱高高低低错错落落插在瓶里，一下子整张桌子有了中心，就连絮絮说起的日常生活里的油盐柴米，也有了一缕清香的滋味。

原来她本来就有一颗开着花的心。

《追忆似水年华》里，一个小男孩久久地凝视着一棵李子树，发现它的繁花中有着这世界的全部真理。是的，繁花中有着这世界的全部真理，而我们一旦确立一个远大目标，就很容易因为怕玩物丧志，只顾小情小趣，而把日子过得枝干清晰，宛如落光了叶子的秋日。

人无论活到哪个地步，都不要忘了给自己经营一个人生的后花园。《浮生六记》的作者沈三白的妻子芸娘，有着非同一般的理想："他年当与君卜筑于此，买绕屋菜园十亩，课仆妪，植瓜蔬，以供薪水。君画我绣，以为持酒之需。布衣菜饭，可乐终身，不必作远游计也。"你看，身外的世界正来来往往，自己却要拉上夫君先行退场，退场后的世界别人想来冷清清无滋味，可是却有专属于他们自己的美丽私房，比如她做给夫君清酒小酌时的梅花盒，旧竹篾横三竖四编就的竹篮，趁夏月荷花初开之时做的荷花茶散发出的幽幽清香。

看她的这番话透露出来的境界，难道不是体现着人生的智慧吗？饮茶，穿美给自己看的衣服，做只让自己高兴的事，缩在壳里听只有一个人爱听的音乐，或者看滑稽剧一个人哈哈大笑起来，这个时候的美丽是真正属于自己的。有了它，吃饭定心，睡觉安稳，富可敌国也不会受金钱之累，贫无立锥也不会绝望。

增长智慧是一辈子的事，如果在职场上，能够对待任务不心急，对纷乱事务会处理，分得清轻重缓急，该认真的时候认真，该放松的时候放松；和同事与上司相处时，做事有尺度，说话有分寸，职场中的智慧你就有了。在生活中，能够对待朋友真诚，对待爱人宽容，对待家人和睦，认真处理好这三种感情，生活中的智慧你就有了。在和自己相处时，懂得保持健康，增长智慧，经营生活情趣，制造浪漫时刻，独处时的智慧你就有了。

智慧的女性一定是自信的，但不会骄傲到目中无人；一定是独立的，但不是遗世而独立，把自己禁困在孤岛；如果是开朗的，一定不会开放无疆界；如果是安静的，一定不会郁郁寡欢；智慧的女性一定是低调的，就算神采飞扬，也不会张狂孟浪；智慧的女性一定有爱心，不会冷漠对待需要帮助的人，也不会自私到只关注自己，而不关心世界。

要求女孩在二十多岁的花样年华去当一个彻头彻尾的智慧女人，好像也不现实——女孩有犯傻的权利，有世俗的权利。只是不要让自己从头蠢到底，从世俗变为庸俗就好了。从这个阶段开始，挂起"智慧"这根弦，以后时日还长，勤读书、善思考，眼光放长远，扩大人生格局，智慧虽不能应召而立至，却能够日有所长，月有所继。

本章结语

这是女性的第四个生命周期，也是最重要的人生阶段。这个阶段的女性，身体发育已经成熟，适合孕育；心智正在渐渐丰沛，精力也足够应付纷至沓来的新生活。若说第三个生命周期的女孩子是一朵半开的花，如今这朵花已经喷吐着香气，完全、恣意、纵性、任情地盛放。

在开放的过程中，一定要尊重和善待自己的生命：

从身体保养和修饰方面说，少食生冷油腻食物，多吃绿色健康食品；注意休息，不要过分熬夜；不要过度化妆，损伤皮肤。

从充实心智方面来说，把时间和精力多花在有意义的事情上，少说些是非八卦，多看几本有益的书，多听一些陶冶情操的音乐，不妨培养自己做手工的兴趣，若有可能，养养花，养养小动物也不错，可以培养爱心。

从对待感情的角度来说，一定要郑重对待爱情，不可因为一时的寂寞而放纵，不可因为一时的放纵而遗恨；擦亮眼睛，认清面对的是不是真正的爱情。

从对待工作的角度来说，这是事业的奠基阶段，勿排斥小事，因为大事都从小事中来；勿轻视领导，切记和睦同事，只有工作环境好了，才能保有良好的工作热情。不要害怕挫折，失败一次，就会长一点心，长的心多了，挫败就会越来越少，最终必得成功。

第五章

花落成荫子满枝：
29岁到35岁，此时的你新鲜如桃

    恋爱，结婚，生宝宝，基本上在上个生命周期和这个生命周期就这么让人应接不暇地来了，好在都是快乐和幸福的事呢。但是，这也是人生的课程。既然是课程，就有学得好的，有学得不那么好的。如果心里及早对这个时间段有一个比较明确的认知，也许就能规避掉好事中的险情，让它好上加好。

第一节
婚姻是一门崭新的课程

这个年龄段的女孩大多已经步入围城。

钱钟书透过《围城》这本书，表达了这样一种理念：在围城里的人拼命想冲出去，在围城外的人拼命想冲进来。总之，这山的人永远看着那山高，别人家的饭永远比自己家的饭食香。既已进来，课程就摆在面前。多少人怀着对婚姻的粉红憧憬迈入围城，最终却以惨绿告终，无数悲剧事实告诉我们，对待婚姻这门课，不能掉以轻心。

有两个年轻人彼此相爱，结为连理。结果几年过去，再遇到他们，却都一肚皮委屈。女生控诉男生："去厕所不掀马桶圈，晚上不刷牙，吃饺子爱就蒜，一张嘴一股子大蒜味儿……"男生控诉女生："结婚前她不这样儿啊，怎么现在天天鸡蛋里挑骨头，真烦人！"就是做个饭，两个人都因为菜咸了淡了吵个不停。吵得烦了，开始冷战。刚开始男生还低头哄女生，后来干脆就锁在书房里玩游戏。感情越来越淡，过日子像喝白开水，还是晾凉了的。

他们问我怎么办，能怎么办呢？我问他们："你们出去看过电影没有？"女孩白男孩一眼："结婚以前经常看，结婚以后他就不带我去看了！""旅游过吗？"男孩说："我们刚买了房，要还房贷，能省一个是一个。""那你们整天就是窝在家里鸡吵鹅斗，斗得都快离婚了，省不省钱、还不还房贷还有什么意义？"他们不说话了。

婚姻也是需要保鲜的，以为结了婚就是进了保险柜，男的变成懒惰、不讲卫生的大老爷们，女的变成唠叨琐碎的大妈，还能彼此看得顺眼吗？而且地方又小，舌头和牙床整天碰，到底谁不疼？偶尔玩一把小浪费，烧不了几个钱；就算烧一点大钱，出去玩一圈，也够新鲜半年，这个钱，是为保鲜感情做的投资，花得值。

就算婚姻是双鞋，穿在脚上也需要勤打理、勤养护，不是一穿到底，穿烂为止。

还有，既然已经步入围城，就不要再抱着骑驴找马的心态，想着是不是错过了更好的人和更好的婚姻。就像去海边捡石头，总想捡最漂亮的，结果到最后空手而回。漂亮不漂亮是你自己主观意愿上认定的事情，一个石头已经攥在手里，你尽可以在别人忽略掉的方向寻找它美丽的花纹或者端庄的外形，别人看着是一根草，你自己看着是块宝，这就够了。

而且，哪有什么更好的人呢？每个人都自有其优点和缺点，看着风度翩翩的帅哥，也许到家里就不修边幅；看着博学多才的学者，也许在家里就是生活中的"弱智"。每个人都是被上帝啃过的苹果，想找一只完美的，怕是就算找到了，他也不是你的。"抱残守缺"看上去不是个好词，事实上，却是对待婚姻最实际、最有用的态度。而且，"残"和"缺"可以抱与守，也可以修与补。与爱人一同在婚姻中成长，是天底下最美妙的课程。

所以，就如法国作家莫洛亚所说，婚姻是把爱情放到琐碎平凡的日常生活中去经受考验，结婚的人不可抱着买奖券侥幸中头彩的念头，而必须像艺术家创作一部作品那样，具有一定要把这部艰难的作品写成功的决心。

这个年龄段的女性，在经营婚姻的时候，不妨从下面几个思路入手：

太平婚姻，也可以偶尔吵吵小架。

伟强和小敏爱情长跑五年，小敏28岁那年嫁给了伟强。婚后，因为两个人已经熟悉到不能再熟悉，各上各的班，各做各的事，就觉得这桩婚姻像白开水般无味。有一次不知为了什么，小敏发了一次脾气，两口子叮叮当当吵了一架，吵过之后，竟出奇地心情轻快，一会儿的工夫，两个人就牵着手逛街去了，一边走一边亲亲密密。

的确，婚姻生活应当是一个有颜色、有生息、有动静的世界，写文章讲究文似看山不喜平，做夫妻也要有个起伏波折。太平淡的婚姻会让人心生疲惫和厌倦，甚至红杏出墙，横生枝节。所以一位婚姻专家才会奉劝夫妻们说："没事吵吵小架吧，你看克林顿和希拉里，吵了大半辈子，现在还缠缠绵绵翩翩飞。"

太平淡的时候来个小架吵吵不仅可以重新让人感到新鲜有趣，而且可以及时排除郁积的情绪，体验爱情重回的感觉。这就像久阴的天空下了一场小雨，雨过天晴的蓝天格外美丽。很多人一提起吵架就害怕，担心影响夫妻感情，其实不会。倒是真到了无架可吵的地步，才应该担心。柏杨说："一个十年都不吵一次架的家庭，那一对男女，如果不是麻木不仁，便是一切都放到心里，喜怒不形于色，待机而动，可怕得很。"

但是吵架是婚姻的调味剂，绝不是主食。凡事有度，适可而止，真要大吵三六九，小吵天天有，势必影响夫妻关系。有的火气上来大吵大骂，大摔大打，这已经不是夫妻的"小吵"了，干脆就是仇人相见，分外眼红的吵法，必然给婚姻蒙上一层深重的阴影。

婚姻中需要适度的自由。

楼上的夫妻刚结婚时还恩恩爱爱，不久就出现问题。妻子特别黏人，虽然已经30岁，还像一个小孩子，希望丈夫整天陪着她，但是丈夫却一时改不过来打单身时养成的毛病，呼朋引伴。于是妻子跑到娘家去住，丈夫越发的夜不归宿，到后来干脆分房而睡，婚姻亮起红灯。相反，我们楼下的老夫妻却配合十分默契。男的也爱出去串门子找朋友，打牌聊天，但是到点一定会回家。做妻子的笑着说："我呀，给他充分自由，但是有一点：十二点以前必须回家，否则家法伺候！"

一篇文章上讲湄河两岸人家放牛，都散放吃草，这么多牛放在一起，可怎么辩认呢，而且还漫山遍野地跑。这个时候，每一家都会有一个不同的铃铛，听着叮叮当当的声音，就能发现自家的牛在哪里了。

其实人也如牛，很多时候都是喜欢散放的，没有家的时候随心所欲，早出晚归，结婚后脑筋还转不过弯来。妻子想着还能和女友没日没夜地逛街，老公想着还能彻日彻夜地看足球、喝啤酒，和一帮男人扎堆儿。而且往往是一个守家的，一个不回家的，极容易产生矛盾。这个时候，就要给在外散放的那个的心上拴上铃铛了：空间允许保留，但不许超限。逛街可以，看足球也行，喝啤酒打扑克我不反对，但是，无论你怎么玩，十二点以前必须回家！

但是要注意，让铃铛响在该响的地方，如果是玩，到点必须回家，不惯他那毛病。既满足他的男子汉的自尊心和虚荣心，又让他知道还有个家和老婆；但是，假如他是看望自己的老爹老娘去了，就让这个铃铛晚响或不响也罢，他不会老黏在爸爸妈妈身边呀。你左一个电话又一个短信，老人不高兴，他也会尴尬和恼火，岂不是铃铛响错了地方么？

偶尔开放一下自己的私人空间。

长期以来，我们强调私人空间强调太多了，搞得夫妻间各护地盘，绝不共享，一旦对方有"入侵"的意向，马上浑身的毛都竖起来，警觉得不行。这样做的结果是让夫妻关系变得既彬彬有礼又缺少温情。其实偶尔把自己的私人空间开放一点，允许对方进来观光一下，又有何妨？

敏洁今年 33 岁，网龄已有十几年。因为经常上网，有交往很好的网友。一个网友认识三年，给她很大帮助，却一面也没有见过。这次借着先生陪自己去北京开会的机会，想见一面。但是如果偷偷去见，一是对先生不尊重，二是给自己感觉也不好，好像偷鸡摸狗似的，而且万一被先生知道，不定会怎么瞎想。于是敏洁就实话实说，请他陪自己一起去。刚开始他很恼火，架不住她慢慢地劝，劝得他回过心来，陪她见了一见。没想到先生一下子就接受这个朋友了，因为他的人品和行事做人均很好，而且最好的一点是，人家对人家的老婆一往情深，言来语去全是老婆长老婆短。先生既有见了知音的感觉，惺惺惜惺惺，而且又放了心，对老婆这样情深，还会对他的老婆有非分之想吗？

所以说好夫妻尽管有自己的活动空间，但是对对方的尊重是必须的，不妨在适当的时候开放一下，做到透明或半透明——没有哪个人愿意看着自己的另一半对自己遮遮掩掩。

不过，不要在感情发生危机的时候这样做，不然很可能效果适得其反。而且你得保证自己确实是见朋友而不是搞婚外恋，否则就会对对方形成骗和瞒，这不但是婚姻大忌，也是做人大忌。不过，话说回来，真正把婚姻放在心上的人，谁肯不负责任地乱搞网恋呢？

有些秘密烂到肚子里。

素素和伟子结婚才半年，出差时素素遇到一个男士，彼此一见倾心，两个人把持不住上了床。回来之后素素熬不住良心谴责，有一天向伟子坦白。本想得到伟子原谅的，没想到却一下子改变了整个婚姻的格局。以后无论素素在哪里做什么，只要晚回家一刻钟，伟子就开始胡思乱想。有时两个人本来正在恩恩爱爱，但是一想到素素曾经和一个野男人卿卿我我，马上伟子就一盆冰水浇下来，再也提不起兴致。最后婚姻实在维持不下去，一年后，到底还是离婚了事。

几乎每一个人都有自己的小秘密，有的能够和爱人共享，但是总会有一些秘密是只属于自己的，假如不识相地和盘托出，通常没好果子吃。假如你真的红杏出墙了一次，又不想危害到你的婚姻，还是不要为了求得你良心的平安，对爱人和盘托出。你自己还消受不了的硬刺，硬扎在另一半心上，这种痛苦的转移既极端自私，又会对婚姻产生毁灭性的打击。

所以说，在婚姻中，坦白从宽有时真的是个太幼稚的想法。假如你不想放弃你的婚姻，出格的事情请不要做，如果做了，你就自己承担它的后果。再怎样难受煎熬，你也要把它烂在你的心里，千万不要把它告诉你的爱人，伤害一颗对你完全信赖的心和这一场百年才修来的恩爱婚姻。

当然，这种"瞒"和"骗"只可偶一为之，千万不能形成惯性，否则，失去彼此忠诚基础的婚姻绝不会迎来柳暗花明、万紫千红的春光。

世间夫妻千千万，家家锅碗瓢盆响叮当。面对这看似日复一日的单调光景，若是用心经营，就能经营来以后漫长岁月中的万紫千红，就像歌里唱的：陪着你一起幸福地慢慢变老……

第二节
怎样把大男孩变成好男人

每个结了婚的女人身体里都住着一个"妈妈"。这句话的意思是说，女人的唠叨、琐碎、对男人的管教像极了妈妈对儿子的管教，尤其是两个人刚结婚的时候，性格、脾气、个人生活习惯都没有达到趋同一致，做老公的总有一些枝枝杈杈旁逸斜出，不符合做老婆的心理标准，所以就日夜想着怎么动剪刀修一修、剪一剪，妄图把眼前这个不完美的老公修剪完美，把不那么好的男人修剪成一百分的好男人。

这样做真的好吗？

被修剪成功的男人，变得唯唯诺诺，毫无主见，你以后的生活像妈带儿子，有多少乐趣可言，他还能为你遮多少风雨？而且大部分男人都不甘心被这么修修剪剪，甚至闹到要离婚的地步，岂非得不偿失？

白鸽结婚三年，对老公特别关心，按理说这是好事，但是老公却要和她离婚，理由是："她管得太宽了。"

她的老公陈雨是肉食动物，她偏要让他天天吃青菜豆腐，说是只有这样才健康，饿得陈雨眼睛发蓝；陈雨有时候和朋友聚聚会，白鸽打八十遍电话到不了天黑，一遍遍地问："和谁在一起？你们在做什么？别喝大酒，多吃青菜，到点回家啊我告诉你。"陈雨说要不这样，你这么不放心我，我把朋友带家里来，你眼瞅着，总该放心了吧？结果她对他的所有朋友都横挑鼻子竖挑眼，说这个说话不讲究，那个穿衣服太随便，第三个吃饭的时候吧唧嘴，还有，他们抽烟把家里抽得乌烟瘴气的，以后不准他们进咱们家的门！像这样的事情还有好多，总之是管头管脚，陈雨每天的衣着打扮必须得经过她的眼，否则就不许出门。有一次陈雨穿着黑皮鞋和白袜子去上班，回来被妻子发现，好一通大闹，说他不懂搭配，不懂审美，被人发现了会说自己没有"调教"好，气得陈雨把所有的白袜子都扔进垃圾筒。

陈雨不堪忍受，愤而提出离婚。白鸽百般不解，到处哭诉，说他是"良心给狗吃了"，"我一心为他好，怕他不健康，怕他学坏，怕他形象不好，才处处管着他，我操这么多心，受这么多累，没想到换回来的是这个结果。我眼瞎了，错看了这个狼心狗肺的男人！"

陈雨怎么算是"狼心狗肺的男人"呢？他不花心，不滥情，不搞婚外恋，孝敬父母，和睦邻里，对妻子也知冷知热，若是别人的眼睛看来，他还得是一个如假包换的好男人。所以，是白鸽错了。她想把陈雨从一个贪玩好吃的大男孩改造成一个有责任感、顾家、注重养生、有品位的好男人，这个出发点没错，但是途径错了。

梁玥 34 岁，却已经有过一次婚史。她 27 岁结婚，两年后因为老公出轨离婚。冷静下来后，她思考婚变的原因：前夫本来就是爸爸妈妈手里的乖宝宝，自己没什么主见，结婚后，自己又代替他的爸爸妈妈的角色，他又成了依附在她身上的寄生虫。两个人一吵架，他就往爸爸妈妈那里跑，给告黑状，枕边话也尽情说给人听，以求得别人的同情和支持。就是这次离婚也是这样，有的没的，甚至无中生有的，说了一大堆，往她的身上泼脏水，好告诉别人：我没做错，错的是她。这一点，和一个怕承担责任的孩子有什么区别？虽然三十多岁，仍旧称不上男人。

她庆幸离开了这样的男人的同时，又给自己事先打了预防针，这次一定要找一个真正的男人一起走好下半生。

然后，她就遇上了现在的老公。比她大几岁，脾气又犟又拧，一开始怎么也处不到一块儿。但是，他又不肯放手，两个人就一直别别扭扭地处着，时合时分。时间长了，慢慢地也磨合出了感情，也就结了婚。只是这个脾气仍旧令她很头疼，就像一头犟牛，让他往西，他肯定往东。看起来是个大男人，实则骨子里又像一个不听话的顽童。怎么办呢？

她想起大学时一个同学讲的老故事，说的是民间一对平凡夫妻，老公犟拧，老婆说什么他都不肯听。老婆越指责他，他越顶着干，气得人肺疼。后来，老婆参考另外一个聪明女人对付老公的做法：夸，往死里夸，越夸他的劲儿越足。比如说两口子要一起回娘家，老婆背着一个花包袱，老公袖手跟在后面，也不肯搭把手儿，怕人笑话自己不像男子汉。要搁往常，老婆早急眼甩脸子了："看我这么累，都不替我背一背，你还是不是男人！"现在她却柔和了口气说："哎呀，我好累。我不如你的劲儿大，你替我背一会儿呗？"老公一听，老婆夸自己劲儿大呢——男人都喜欢别人夸自己身强力壮，一高兴，抢过花包袱背起来，噔噔噔走远了，嘴里说话还挺冲的："真没用，这么个小包袱把你难的！"老婆在后边甩着手走着，别提多美了，还说："我家老头子就是厉害，比我强多了！"一次两次的，形成习惯了，每次回娘家他都主动把花包袱往背上一背。走在村子里，别人打趣他："哟，变成娘们儿啦？怎么背个花包袱呀？"他把脸儿一扬："谁让我家那个不中用的娘儿们背不动呢？替她背背！"

梁玥也开始贯彻这个大政方针：夸，往死里夸。有一次两个人开车玩，梁玥不小心把车开到泥沟里，说什么也上不来。天寒地冻的，老公二话不说，想办法把车开出来，又到处找东西垫轮胎，又跑到很远的地方借铁锹挖宽泥沟。实在不行，又拦截过路车辆，请人家帮忙拖车。她很感动，说："我真没见过你这么有责任感、有担当的男人。我把车开沟里，你说也不说一声，骂也不骂一句，就不声不响地忙这些事情。累坏了吧？"老公埋头挖宽泥沟，一边说："放心吧，你找的是个爷们儿，错不了！"

还有一次，两个人散步，他几个朋友来找他玩牌，他就丢下她自己回去了，把她气得够呛。散完步回到家，看他们正玩得热火朝天，她没说话，中午热情地做好饭菜请他的朋友们吃饭。吃过饭又玩，一直到天黑才散。只剩下两个人了，她才表现出情绪低落来。他问："你怎么了？"

"我不高兴。"

"为什么？"

若搁往常，她很可能就冲口而出："把我一个人撂半路上你自己跑回去玩，你是不是人！"现在她转换了口气，说："因为你把人家丢在半路上，人家很孤单。"

她的老公一下子心软了，赶紧赔礼道歉。哪个男人也不愿意自己的爱人孤单啊，他空前意识到自己肩上的责任。以后，再和别人玩的时候，就首先征询一下她的意见，还说："老婆你孤单不？要不我不玩了，陪你吧。"

渐渐的，现在两个人的相处模式越来越和谐。老公总是把自己摆在一个有责任感、有担当的男子汉的位置，极少再使性子、玩犟。

"生命诚可贵，爱情价更高。若为自由故，两者皆可抛。"这首诗提示了一个人生的真谛：爱情比生命可贵，自由比爱情和生命都可贵。每个人都离不开自由，作为一个大男人，你让他进入婚姻如入步入牢房，妻子客串狱卒，处处对自己监视和监督，管头又管脚，哪儿都伸嘴干涉，他不反抗才怪。

在这一点上，我们应该学学台湾已故女作家三毛。她当初和丈夫荷西在沙漠定居，荷西闲暇时喜欢和朋友们在一起玩，三毛就告诉他去那玩得开心些，不到天黑别回来。结果荷西和朋友们玩着竟然不能安心，不到天黑就想回家陪太太。男人大约就是这样一种动物：你越给他自由，他越绕着你打转，不肯走远；你越用绳子绑着他，他越想要拼命挣脱，然后有多远逃多远。

再者说了，一个男人又不是笼中鸟，你让他老围着你一个人打转，他会厌烦。烦着烦着，婚外恋就有了，不是得不偿失么？

再说回白鸽，因为她死不离婚，老公愤而分居，一个人生活。她还是很不放心，托他们的一个共同朋友照看老公。那个朋友观察了一段时间，给白鸽汇报："陈雨刚开始和朋友们天天出去喝酒，现在喝烦了，一个礼拜也不出去一次。他开始的时候一喝就喝到凌晨两三点，现在喝到十来点就不喝了。而且喝醉了还知道叫代驾，根本不用担心他酒驾闯祸。吃饭还是那样，喜欢吃肉，不过他会往家里买水果，香蕉苹果什么的乱吃一通，维生素够够的。我劝你还是别瞎操心了，人家过得好着呢！"

在这个朋友的撮合下，两个人又住在了一起。从此，白鸽对他不再管得那么宽，陈雨在备感自由和被信任的状态下也做到了自由有度，收放自如。两个人生活越来越和谐。

所以，虽然说男人身体里都住着一个长不大的小男孩，但是这个"小男孩"也需要温和的引导，而不是强硬地干涉，否则效果适得其反。

第三节
做一个平凡而伟大的母亲

29 岁到 35 岁，是一个收入丰厚的生命周期，大部分女性不但做了太太，而且做了妈妈。

哪个当妈妈的不是望子成龙，望女成凤？于是孩子还没生出来，就想了一大堆的培养计划，等孩子生出来，刚会走路就逼着他（她）踏上漫漫的求学、修炼之路。事实证明，这个法子并不太好用，培养出来的孩子或者内向自闭，或者高分低能，或者叛逆倔强。这一切，大多因为做妈妈的，有一颗过分巴高望上的心。

也许，我们的使命，不过是当一个平凡的母亲就好了，只要孩子健健康康、快快乐乐，别的顺其自然就行。如果你的孩子将来能够无论从事何种工作，心态始终是阳光、开朗、积极、向上，就算大功告成。

可是，做妈妈的，总是很轻易就会跨进对待孩子的误区。

彩玲今年 34 岁，几年前生了一个宝贝儿子。昨天，她带儿子在街上散步的时候，碰到朋友也带孩子出来玩，大人的话题自然就转移到孩子身上。对方很骄傲地说："我的孩子这学期考试得了好几个 A，还领回来一张奖状！"彩玲"谦虚"地说："你家孩子真棒！我小孩就不行，学习浮躁，不认真，才考了80多分……"儿子的脸腾地红了，低着头抠手指头。

中国人自古爱自谦，别管心里有多么骄傲，对自己一定称"鄙人"，妻子是"拙荆"，儿子叫"犬子"，女儿客气些，但也要带个"小"字："小女"。现在虽然不再这样谦抑了，但自古流传下来的习气已经溶化在中国家长的血液里。

然而，孩子的自我意识在逐日强化，家长说话时自以为是谦虚，孩子却认为你是真的不喜欢他，既平添许多忧虑，又严重挫伤自尊心。从另一个世俗的角度说，孩子也有自己的社交圈子，你这样"揭短"，会让孩子觉得在小朋友面前没面子。

专家认为，孩子的心理和意志都很脆弱，最希望得到理解和支持，因此，每句激励的话语都会成为孩子精神上的阳光；相反，每句粗暴的呵斥，都足以将他脆弱的尊严击得粉碎，使他无地自容。

杜鲁门当选美国总统后，有记者采访他的母亲："有这样的儿子，您一定感到十分自豪。""是这样的。"杜鲁门的母亲赞同，"不过，我还有一个儿子，也同样使我感到自豪。""他是做什么的呢？""他正在地里挖土豆。"

良性的期待和肯定，会使孩子如《红楼梦》里说的："自愧得不好也变好了。"而随意的不负责任的否定，会让孩子对自己丧失信心，别说做总统，就连挖土豆大概都做不好。

一句话，让孩子觉得你时刻都在以他为豪，这种良性期待会使他做事更有责任感和道德心。

玉淑近来发现女儿小敏的记性越来越差，无论吩咐她做什么，她转眼就忘记。玉淑以为女儿脑子有毛病，结果检查一切正常，IQ 值也不低。这是怎么回事呢？最后还是小敏一句话道出了原委："我记那么多东西有什么用呢？反正我怎么记你都说我没记性……"

原来小敏有一次忘了写作业就跑出去玩，玉淑正训她时，邻居来串门，小敏妈就大倒苦水："小敏成天丢三拉四，碗也不记得洗，小狗也不记得喂，作业也不记得做，没点记性！"

小敏之所以后来表现越来越差，原因有二：一是孩子本身气不平，觉得妈妈这样的说法伤了她的自尊心；另一方面，妈妈是自己最亲近的人，孩子习惯地认为她说什么都是正确的，既然妈妈都说自己没记性，那自己就一定是没记性，什么都记不住。实际上，玉淑给了孩子强烈的心理暗示，而且由于没有及早发现和解释，使孩子形成了思维定式。虽然玉淑已经是一个三十四五岁的成年人，但是这样的说话方式很不成熟。

专家说，孩子生性好动，难免犯错误，而在每个错误中他都会有所发现。轻易地否定孩子，对孩子的能力表示怀疑，会使孩子心灵背上重负，甚至产生心理障碍。

发现孩子做错事以后正确的做法是，在孩子也意识到了自己的错误时，家长就要转过弯来，给孩子继续贴"良性标签"。不妨把期待用现实的方式表达出来，可以这样跟邻居说："小敏今天虽然忘了做作业，但是她记得洗碗，也记得给小狗喂食，这说明她的习惯越来越好，我相信她明天一回到家就会做作业，做完才痛痛快快地玩。"

明心的儿子小云今年 4 岁，上幼儿园中班。明心为他辞掉了工作，专心当起了全职妈妈，每天接送儿子上下学，带着儿子学琴学画，陪学陪练。小云却经常顽皮，练琴不专心，学画画不了两笔就跑出去玩，明心伤心地数落她："我为了你，连班都不上了，你还不给我好好学，你对得起我吗？！"

说第一遍的时候，小云低着头乖乖地去练琴、画画。随着明心的脾气越发越大，唠叨越来越多，小云开始顶嘴："又不是我不让你上班，老说这个，烦不烦！"明心气得大哭，小云却无动于衷。

中国人除了爱自谦外，奉献精神也是有名的。为了孩子，家长可以放弃工作，放弃休息，乃至放弃自己。可是，明心才 30 来岁，这时候就脱离社会，她哪里受得了！人本来是独立的个体，一旦泯灭了自我，就会在心理上产生严重的失衡。这种失衡是要靠孩子的努力、上进、听话、骄人的成绩等等来弥补的。一旦孩子达不到家长的期望，家长就会怨声载道。

而孩子背着沉重的精神债务学习，就会出现两种结果，一是拼命学习，以不辜负家长的期望。但因为是"给你"学，所以孩子实际上体会到的乐趣很少，学得很苦，很累。家长没有了自我的同时，孩子也失去了自我，在互相奉献中抵消了个性发展的乐趣。二是产生逆反心理，家长让他做他偏不做。

与其如此，不如明心接着上班，儿子也正常上学。当两个人的生活都恢复正常，有了各自的世界，而且妈妈工作中的成绩可以使自己心情愉快，对孩子也就更加理解和宽容。孩子看到妈妈一直在努力，自己也会受到鞭策和激励，这样亲子间形成良性循环，对各自的心理健康和事业、学业的发展都大有裨益。

秀丽的女儿要上幼儿园了，秀丽提前教她简单的加法，谁知道女儿怎么也学不会。想数手指头，被秀丽训斥："不许数手指！"女儿就偷偷在背后数，秀丽一巴掌打过去："怎么教都不会，真笨！"女儿撇撇嘴不敢哭，低着头像犯了罪。

秀丽是名牌大学毕业，已是三十三四岁的年纪，心智极为健全，但是，辅导孩子却这么急躁。虽然现在的家长素质越来越高，辅导孩子绰绰有余，但是，能教和会教不是一码事。教孩子不能急躁，更不能说孩子笨，否则会给孩子种下心理阴影，挫伤其积极性。

爱迪生小的时候也曾被他的班主任老师看成是最"笨"的学生。但幸运的是，他有一位伟大的母亲，按照儿童的心理特点进行教育，并千方百计鼓励他，后来他才能成为举世闻名的大发明家、大科学家。

孩子开始接触知识时最需要帮助，如果家长指斥孩子笨，就会给他造成心理定式，影响孩子智力活动的积极性，从而限制其智力的发展。家长应该一步步来，耐心些。而且，孩子有其自然的认知规律，许多知识未必需要提前教会，这个时候用不上所谓的"笨鸟先飞"，当孩子的智力达到之后再学，就会很容易地学会。

孩子的成长是一个单向过程，年幼的孩子更容易受到来自母亲的伤害，有些错误一经造成，无法弥补，所以这个年龄段的母亲一定要慎之又慎。

家庭是孩子的最初和最后的阵地，家长是孩子的第一任和终身不能卸任的老师，在家庭教育中，家长一定要时时处处加以注意，不可掉以轻心。每个孩子的成长过程都是不可逆的，一次的疏忽，都可能造成很严重的后果。把孩子当成一个独立的个体，充分加以尊重，也充分尊重孩子的认知规律和发展心理，创造一个快乐、和谐的环境，才能使孩子生活充满阳光，快乐成长。

第四节
前车之鉴：他们为什么失去婚姻

他们，一个貌美如花，是众香国里的牡丹，一个巍峨险峻，是男人群里的高山；他们，一个果敢坚强，小小年纪迎风破浪；一个沉着冷静，抓住一切机会大展宏图。他们有如此多的相似点，是世间少有的最佳拍档，所以他们结婚了，婚后生活满应该琴瑟和鸣，可是最后却是以悲剧收场。男人满心疲惫地离开了，留下累累伤痛的女人，独自站在旷野中，找不到明天的方向。

这是一出典型的婚姻悲剧，悲剧的主角是《乱世佳人》里的斯佳丽和瑞特，一对浴着战火上演爱恨情仇的十九世纪美国南方上流社会的鸳鸯。他们的悲剧，可以作为教科书，指导处于第五个生命周期的女性走好自己的婚姻之路。

他们的婚姻之所以走到这个结局，是因为以下几个方面：

一、起跑线上的不平等

感情上的事，最难过的就是刚刚步入婚姻殿堂的时候，一方全心投入，一方却左顾右盼，这就给日后的婚姻不幸埋下祸根。

斯佳丽和瑞特就是这样，瑞特深爱着斯佳丽，斯佳丽却一直对南方绅士阿希礼情有独钟。在追求阿希礼的情路上，她一气有过三次婚姻，第一次为了赌气，嫁给年轻小伙子查尔斯，第二次为了保住庄园，又抢了妹妹的情人老弗兰克，老弗兰克死后，嫁阿希礼不成，为了瑞特的钱，又和瑞特结婚。偏偏瑞特明察秋毫，不像前面两个丈夫那样好糊弄，所以冲突起了一次又一次。斯佳丽害得他一次又一次极尽伤心，刚开始他还抱着把斯佳丽的心从阿希礼身边拉回的希望，但是希望越来越渺茫，到最后他完全绝望之际，就是婚姻走到尽头之时。

现代多数人在结婚之前，感情世界都不是一张白纸。那么，假如你铁了心要步入围城，为自己一生幸福着想，一定要下定决心遗忘前情。如果还是紧抱过去的历史不放，对自己现在的婚姻幸福将是致命的创伤。

二、过于强烈的自尊

刚结婚的小夫妻都有个磨合的阶段，刚开始都像拔河，使出全身力气较量，你进我退，你退我进。既少不了剑拔弩张的冲突，又缺乏化解冲突那"四两拨千斤"的功夫，所以彼此都绷着劲，拉不下脸。殊不知婚姻其实是一笔糊涂账，不必计较得太过分明，有时不妨示弱，有时不妨服软，尤其占着强势的那一边。

在瑞特和斯佳丽的角力中，无疑瑞特是优势占尽的，他有冷静的头脑、智慧的心胸，无论斯佳丽在他面前耍什么小聪明，他都能像看玻璃人一样把她一眼看穿。偏偏斯佳丽又爱耍个小聪明，动个小心眼，这个时候，假如瑞特能够睁一眼闭一眼，也许也不会走到最后劳燕分飞的局面。

尤其是面对斯佳丽的梦中情人阿希礼的问题的时候，两个人的冲突最为明显。斯佳丽想方设法要帮助阿希礼自立，瑞特就始终持极强烈的反对意见。而且，瑞特打死都不肯向斯佳丽承认他在吃醋，打死都不肯承认他爱斯佳丽爱到发疯。

两个人的婚姻从立到破，维持了好几年，斯佳丽竟然一直对瑞特的感情莫测高深，既不知道他为何娶她，也不知道他为什么有时那么恶劣，有时又那么温存。一句话，她拿不准瑞特是否爱她，甚至认定了瑞特根本不爱她，和她结婚，无非是找一个相似的人过日子。这种思想基础是瑞特帮着斯佳丽打下的，他始终拉不下脸来承认自己对她的爱，一方面怕感情上受到伤害，一方面为维护自己那过于强烈的自尊。但这种愚蠢的做法却使斯佳丽的心有了一个填不满的空洞，或者说，她思念阿希礼，有一部分原因是瑞特把她推到阿希礼身边。

对夫妻来说，假如爱她或是爱他，一定要说出来。好夫妻就是知道彼此爱慕和依赖，而不是像两只刺猬，把爱深深藏起来，然后彼此怀疑，互相伤害。

三、不会沟通的手段

我仿佛看到一对神仙眷侣，携手步上婚姻之路，面临一个岔路口，一条路肝胆相照，通向幸福偕老的百年；一条路彼此相恨，中途离分。不幸他们真就选择了那条悲剧的路走下去，一步步深陷，一步步沉沦。

细究起来，三次致命的错误反应，断送了他们的婚姻。

第一次：

瑞特对斯佳丽心中一直怀念阿希礼不满，有一天喝醉回家，醉醺醺把斯佳丽抱上床，说："老天爷作证，今天我的床上只能睡两个人。"他的如火热情在巨大的痛苦下被激发出来，也点燃了斯佳丽心中沉睡已久的柔情。但是，当第二天早晨斯佳丽醒来，等着瑞特示爱，瑞特却早已经躲了出去，一溜烟走得远远的。斯佳丽觉得瑞特是在把她当成泄欲的工具，爱和柔情又转化成愤怒和厌恨。而事实上，瑞特是真爱斯佳丽的，但是却害怕面对斯佳丽的贬损、嘲笑或者冷冰冰的眼神。于是，两个人一次极好的化干戈为玉帛的机会，就这样眼睁睁失去了。

第二次：

瑞特好容易远游回来，斯佳丽已经怀孕。当她听到瑞特回家的消息，第一个反应就是高兴地冲到楼梯口，准备迎接自己的夫君。但是瑞特却站在楼梯下面，用一贯玩世不恭的腔调说话，好像根本没把自己的不告而别当成一回事，也没把斯佳丽当成一回事。于是斯佳丽也用愤怒藏起她的惦念，开始又一次的正面交锋。她咬牙切齿地质问他到哪里去了，并且咬牙切齿地告诉他自己怀孕了，是他的孩子。瑞特听到这个消息多高兴啊，他的眼光一下子亮了起来，但是看到斯佳丽愤怒和厌恶的表情，把到了嘴边的兴奋又咽了回去，转而说了一句最伤人的话："没关系，说不定你会流产的。"斯佳丽怒极，推他的时候一脚踏空，果然流产。

　　其实，瑞特是真的很爱很爱斯佳丽，爱到这次站在楼梯下面，想到马上就要见到朝思暮想的娇妻时，脚都发软。假如这时斯佳丽有一点点柔情的表示，他都愿意跪下来吻她的脚面；而假如这时瑞特满怀深情地说话，斯佳丽也会哭着投进他的怀抱。但是很不幸，本来夫妻欢聚的场面，又演变成互相仇恨。

　　第三次：

　　斯佳丽流产了，躺在病床上，瑞特悔恨万分，心急如焚，彻夜守在外面。斯佳丽昏昏沉沉之际，脑子里一直在想着瑞特。但是，当她的意识逐渐清醒，却伤心地觉得瑞特根本不爱她，要强的她把到了嘴边的呼唤又给生生咽了下去，转而呼唤起别人的名字；而瑞特等了一夜，却没有等到斯佳丽哪怕一星半点需要自己的表示，假如斯佳丽能够轻轻叫一声"瑞特"，他一定会破门而入，飞奔到她的床前，深情地把她拥在怀里，痛心疾首地忏悔。但是她没有。斯佳丽的心凉了，瑞特的心死了，一对夫妻，终于成了两个世界的人了。

　　说起来，断送他们婚姻的，还是他们自己，太要强，太好胜，太不会沟通。现实生活中，这样的夫妻也十分常见，吵起架来谁也不肯示弱，针尖对麦芒，拼命维护自己的所谓个性和尊严，结果让两颗相爱的心不是越靠越近，反而越离越远。

　　婚姻需要经营，经营需要苦心，苦心需要真爱，真爱还得两个人共同产生。当你和我两手相牵，四目相对，殷勤温存，就意味着我们的汗水种出了鲜花，但是，假如我们在婚姻的长路上洒下一粒粒闪着寒光的尖锐铁钉，那就只能换来鲜血淋漓的伤痛。就像一篇文章说的，爱恨生死，最终都在诉说得失之间的遗恨。与其在失去时万般悔恨，不如现在就开始用心经营自己的婚姻。

那么，应该怎么经营呢？在这一点上，这个年龄段的女性也许仍旧应该向《西游记》里的几位人物学习，把自己当西天取经的唐三藏，然后用夫妻自己身上的猴性、猪性和忍性经营美满婚姻。

　　猴性顽劣，性躁如火，却秉心忠诚，慧眼善识妖精。时时刻刻小心提防你身边的"白骨精"（白领，骨干，精英），动不动擎起金箍棒，要打一个地覆天也翻，好保你翻山过岭。这只猴子，就是你那爱吃醋、小心眼的爱人。莫怪他凡事神经过敏，又肯多心，更不要动不动念紧箍咒给他听，你这个老和尚一定要对他倚重，他才好施展威风，维持婚姻内四海清平。

　　那个猪八戒，没事尖着个嘴，好吃懒做，又有些爱拉老婆舌头，而且不忌生冷，饿了米饭面饭闲食馒头一捞个罄尽，困了扒个草铺就能睡得香，其实这是人人都有的猪性。两口子过光景，最忌讳整天"端"着，扮高雅出尘。假如爱人袜底多日黑如铁，或者偶尔好吃懒做，有时也扯扯东家长西家短，你这个老和尚不要整天冲着他吹胡子瞪眼，毕竟婚姻不是竞技场，两个滑轮不能天天都嘎嘎磨蹭，只有对各自的猪性宽容，家里方能平静安稳。

　　沙和尚最没个性，成天就是磨肩捱担，却有婚姻中最缺不得的坚忍。漫长一生，沉浮不定，财多如风聚叶，财散似漫天流云。顺时驾着一帆风，逆时一个小坎都能跌个七素八荤。无论走到哪一步，夫妻们都要像沙僧，不能轻易分行李散伙，抱定一个信念，只管跟定了带头人，闷头走去，总有一天守得云开见月明。老和尚对沙僧更要多加照拂，千万莫伤了老实人一片痴心。

　　漫漫婚姻，路遥难行。美女多，帅男多，婚外恋多，一夜情多，刺激多，网上还流行网婚和假老婆……诸多外因加上内心虚浮不定，搞得人们动不动就要离婚。一边羡慕几十年的老夫妻手搀手的温暖，一边又憧憬身边换一个人该是怎样一番光景。让我们听听敬神的希伯来人是怎么说的，他们说一个好伴侣看作神赐的礼物；古犹太法典告诉我们，当一个人和他的结发妻子离婚时，甚至圣坛也会为他们哭泣；中国人更是把好夫妻当成百年修来的福分，十年修得同船渡，百年修得共枕眠……

冯友兰先生说："看《西游记》的人总会问，孙悟空既然有那么大的神通，为什么不带上唐僧，驾上筋斗云，翻上西天。而要跟着唐僧一步一步地受尽艰辛呢？回答很简单，唐僧的路是要他一步一步走的，否则他就不能成佛。"

就是这个道理。夫妻成婚，都要把自己当唐僧，仰仗猴性、猪性、忍性和自身的坚定忠诚，一步步把婚姻修炼成功。虽然充满痛苦和眼泪、误解和悲愤、色诱和放逐，惊心动魄而又雨雨风风，但只要勇敢前行，这一刻看脚下红尘滚滚，到头来却水清沙动，云淡风清。

第五节
当"七年之痒"来临

西方人把一年的婚姻命名为纸婚，两年为布婚，三年皮革婚，四年花婚，五年木婚。听起来很美，过起来很脆薄短暂。几年过去，梦已折旧，心里充满了对现实的不满，对爱人的不满，对婚姻的不满，进入了看似平静实则凶险的"七年之痒"。

29 到 35 岁的女性，若是结婚早的，恐怕已经面临"七年之痒"，即使结婚略晚，恐怕不久的将来也要面对"七年之痒"。其实也不一定是七年才"痒"，反正无论几年，大约总会有这么一个"痒"的阶段。若不做好应对"痒"的准备，怕是就会由"痒"而"痛"了。

可是许多女性到了这个年龄段，偏偏自己认为万事保险，从此灰头土面，不仅衣着不再整齐光鲜，谈吐思维也开始终日绕着老公孩子、柴米油盐打转，天长日久，你久居不动，他审美疲劳产生，就心痒痒得想要冲出婚姻的围城。

一个女友，今年 35 岁，结婚恰有七年，找我诉苦，说她的老公当年两个人刚结婚的时候，坐在沙发上，长出一口气说："好不容易把媳妇追到手了，以后可该松口气了！"他说松口气，就是真的松口气，再也不像以前那么西装革履，再也不像以前那样体贴备至。整天胡子拉碴，有时候穿着背心大裤衩就上街。妻子病了，他顾不上给她拿药，忙着"斗地主"。平时十顿饭在家里吃三顿就不错（含早餐），其余时间全都泡进各种各样的酒局，和一大帮狐朋狗友混在一起。刚开始她和老公打架，战况激烈到几次险些离婚，让旁人看得胆战心惊。

渐渐的，女友也变了。她不再每天化着精致的妆容，跟老公回老家的时候也不再精心打扮，在家里每天也不给老公温柔地嘘寒问暖，老公出门她也不再给他打理着装，天天看见他就当看不见，老公也天天看见她就当看不见。两个人有事各自忙事，没事各自看电视——两人分居，一个卧室里放一台电视。如果病了，她就自己上医院。

她说："这样的日子过着有什么劲？"

我们几个女友一起围着她劝，她没说什么，聊了一会儿，起身回家。没想到一个月后，她就办了协议离婚。

另一个女友差不多属于早婚，也是 35 岁，已经和老公结婚十年，有一个 8 岁的儿子。孩子还小的时候，生活过得很苦，买棵白菜得想办法吃三天，白菜根都舍不得扔，用盐腌了当咸菜。但是两个人心往一处想，劲往一处使，天天快快乐乐，开开心心。逐渐的，女友经营的小超市有了稳定的收入，老公给一家公司跑销售，业绩也稳步上升。买了房，也买了车，生活越来越好了。

但是，两个人也越来越觉得没什么话说。闲下来坐在沙发上，一个看电视，一个玩电脑，能整晚不说一句话。到点就洗洗睡觉。渐渐的，老公回家越来越晚，女友发现他在外边有了别的女人，并且那个女人还怀了孕，两个人激情万丈，等着收获爱情的结晶。

女友痛苦万分：离婚吗？孩子会没有了爸爸，而且自己三十多岁了，以后找不到合适的怎么办？不离婚吗？这个家就是囚禁自己的冷宫。她日日以泪洗面，不知道何去何从。

这种情况，确实让人不知道何去何从，怎么都是难。

打个比方，刚结婚的时候是一碗酸辣面，这"痒"时过的日子就是一碗阳春面。

所谓酸辣面，花椒辣椒炝锅，葱姜蒜爆香，烹醋，一阵醋香油香辣椒香。倾上半锅开水，下入面条，热热的汤面。愿意吃干面的足足实实捞一碗，浇上醋卤、辣椒油、胡椒面，山西人更不得了，忽啦倾半瓶子老醋，一搅拌，香！辣！酸！真冲脑门，滋味真冲，真足，真过瘾！

渐渐的，千里波涛万年船，日子越过越波澜不惊，成了一碗光光板板的面条，筷子宽窄，碗沿儿厚薄，煮熟后捞在碗里，浇上面汤，滴点酱油上色，捏点咸盐调味，再甩上几颗葱花就成。这，就是所谓的阳春面了。

阳春面的日子可怎么过呢，当年的英俊小生一溜烟去远，也再不见女人当年的桃花人面。上班下班，穿衣吃饭，激情就这样渐走渐远，剩下的是不吃又饿，

老吃又烦的平淡。有的人就伸嘴吃着阳春面的同时，眼睛开始溜啊溜地走神，酸辣面的诱惑让人偷起嘴来欲罢不能。要不然何至于这么多男人女人说出轨就出轨？

出轨了又怎样？离婚了又怎样，面对的是一样的柴米油盐，一样的琐碎光阴。浩浩荡荡的流水迟早会把一碗酸辣面冲啊冲又冲得没有了滋味，变成阳春面，还要再换一碗吗？

在这一点上，老一辈的父母还是给我们做出了榜样的。我的父母一辈子不投脾气，坎坷折磨，打也打过，吵也吵过，厉害的时候让人以为马上就过不下去了，没想到居然磕磕绊绊撑了一辈子。我爹还活着的时候，两个人坐在酒

满阳光的庭院里，一群鸡叫咯咯地围着，说些久远年代的人和事，或者什么也不干，就那样静静地坐着，听树叶被风得哗啦哗啦响，温柔地唱歌。

其实，阳春面，不就藏着"阳春白雪"的意思么？只要心无旁骛，认准这一碗，细嚼慢咽，就会发现一股原始的麦香和面香。而这平平淡淡的香味中，藏着人生最本原的对天长地久的渴望。

那么，战胜"七年之痒"其实没什么窍门，就是一个"熬"字打底，有着拼一生光阴和这个人耗下去的觉悟，还有就是不能放松了一根让婚姻保持新鲜的弦。这个年龄段的女性，要记得把自己打扮得漂漂亮亮，不要当被人嫌的黄脸婆；没事练练瑜伽、做做运动，使皮肤紧致、身材标致；读读好书，学学插花、喝喝茶，把自己的生活过得静谧优雅，老公在你的身边找得到温馨，就不会去别处偷温馨；然后想办法送个小礼物，玩个小惊喜，过个小节日，旅个小游，老公在你的身边找得到快乐，就不会去别处偷快乐；咬紧牙齿，不诱惑别人也不被别人诱惑，老公在你的身边找得到安全感，就不会去别处偷安全感——当然，渣男除外，熬过这段平淡的倦怠期，阳春面的绵长温厚的滋味就出来了，吃着就好吃了。

周国平说，婚姻不啻是把爱情放到琐碎平凡的日常生活中去经受考验，只要你的爱人不是那种提不起来的渣男和坑死你不偿命的心机男，只要抱着坚定的决心走下去，春花秋月，总会走到好时节。

第六节
面对诱惑，好女人能做什么

　　盼盼今年 33 岁，是个美丽少妇，可惜嫁个丈夫平平常常，所以满心都是灰扑沓沓的失望，就像莫泊桑的《项链》里那个玛蒂尔德，一边喝着肉汤，一边梦想着粉红色的鲈鱼和松鸡翅膀。这些东西不仅代表是富有，更象征着雄厚资本支撑下的情调与浪漫，是对自身美丽的最大肯定与褒奖。

　　终于有一天，一个富有的家伙，虽然有妻子，却含情脉脉地叫她"亲爱的"。在他那首饰加衣服、眼泪加微笑的攻势下，盼盼的生命"哗"一下子开成一朵活色生香的牡丹花。那个人的妻子始终不曾露过面，他之所以娶她，只是因为她有一个有钱的老爸。而且她不能生育，连他做爸爸的权利都给剥夺了。所以，"等着我，我一定会娶你的！"

　　如闻天籁，她立刻把忠厚的丈夫踹出十万八千里之外。现在，生活的最大目标，就是准备做第二任富翁太太。可是，等啊等，等到江山都老了，一个活泼可爱的男娃呱呱坠地，她还是一个没有身分的"黑妈妈"。更糟的是，孩子刚几个月大，父子两个突然就失踪了。原来这场华丽的爱情，从头到尾不过是一场极其用心的骗局，目的不过是借腹生子。说到底，不是她最美丽，而是她最好骗罢了。丈夫没有了，孩子没有了，爱了又爱的情人居然是处心积虑欺骗自己的，人生的根基一下子给连根砍断了。

美丽的玛蒂尔德为了出席舞会，借了一串钻石项链。原想着光彩照人一下子，好好虚荣一把的，结果光阴赔了，美貌赔了，整个生活都被这串原来是假钻石的项链毁掉了。而她，也成了那个丢项链的玛蒂尔德。

且不必控诉这个男人的不道德，他的不道德从他当初娶老婆时"有钱就是爹"的那一刻就注定了：他是绝不可能为了任何一个女人当"情圣"的；其实盼盼受害的同时也是施暴者。情人在她心上插了一把刀，她在深爱自己的丈夫心上也插了一把刀。这把失去道德钳束的刀好锋利啊，寒光一闪中，就是一世的血与痛。

有时想想，做现代人很可怜的，既想挣脱理智的束缚，拥抱所有的诱惑，又无法规避这个道德失控的社会扭成的巨大的风险旋涡。说到底，什么是道德呢？无非就是在人与人摩肩接踵的社会上，规定的几条基本的行为准则。比如忠贞、淡定，比如钱不是一切，比如背叛与欺骗是可耻的。有了它，人如猴子，被压在五行山下，看着远处的闲花秀朵，想伸手够不着。苦是苦一些，但不至于火中取栗，烫痛手爪。可是人性是贪的，眼前就是香花美果，怎么可能无动于衷呢？更何况现代社会又在源源不断地提供反道德的理论和先驱者，所以每个人都开始挣脱枷锁，戴着绚丽的假面具醉酒笙歌。

张恨水的《纸醉金迷》里有一个美丽少妇田佩芝，嫁了个穷丈夫，自己却爱赌钱，爱珠宝，爱穿纱，爱上这些，就不管娃娃。一心要奔锦绣前程，在一个又一个有钱人之间辗转着。抗战结束，丈夫带着两个孩子回家了，她还陷在陪都里，一边卖笑，一边说："昨晚又输了六七十万，你要帮帮我，让我翻本啦。"看，什么是诱惑？这就是诱惑。花红柳绿是诱惑，纸醉金迷是诱惑，情天恨海是诱惑，诱惑当前，夏娃们意乱情迷、花容失色，却忽略了诱惑那锦缎的底子下面，是逃避不了的暗沉沉的黑色。

30岁的阿蓝离婚后日子就不好过了，总要面对各种各样的骚扰。

一天晚上九点多钟，单位一个领导给她打电话，喝得醉醺醺的："你在家吗？一个人吗？我去找你吧。"她心里纳闷：我好像没有说过什么让你误会的话吧？她当然不肯让他来，又不敢得罪他，左拐八绕的，才把他拒绝了。

又有一天晚上，都十一点多了，单位的另一个领导在QQ上说："我在单位值班呢，你过来不？要不我去接你？咱俩说说话。"傻子都知道他想干吗。她说："我嫂子呢？这阵子她工作挺忙吧？挺长时间不见她了，有时间我找她说说话。"对方这才罢休。

还有一次，她登门拜访一位长者。谁知道她出来的时候，他送她，到了楼道里，趁着四外无人，一把就把她抱住了，吓她一跳，赶紧双手推拒。

她的一个学长，大她七八岁吧，也是有家有业的男人，一次说是请她喝茶，先说去茶室，中途拐弯，竟然去了他家——她一下子警惕起来。果不其然，他抱住她想往床上拖。她拼命挣扎，他说：

"你就不能放纵一下自己吗？"她摇摇头："不能。"

像这样的事情还有很多。若是旁人，可能真的就会和其中一个人甚至几个人玩暧昧甚至翻云覆雨。可是阿蓝很清醒：这些人找她，只不过是看中她单身，想要玩一下。她不会上这个贼船。

真正的好女人，是会为自己的身心负责的。

有时想一想，也许我们真该祭起道德这个法宝了。对有了妻子还把别的女人叫作"亲爱的"的男人来说，它就像一只难看的大脚，毫不留情地把他踹出十万八千里外；而对面对男人信誓旦旦的谎言意乱情迷的女人来说，又像一个透明金钟罩，保护你远离别有用心的欺骗与伤害。

只是这个东西既不好看，也不讨巧，有时还很讨厌，绊手绊脚，所以我们干脆如同那个掩耳盗铃的家伙，假装它是不存在的。却不知道人类诞生，社会形成，它就有了，只不过如同暗里开花，白日星辰，轻易看不见罢了。一旦越轨，撞个头破血流，就会发现它那铁幕一样的法则仍旧潜隐存在着，牢不可破。也许，在这个情爱泛滥的世界上行走的最聪明做法，就是祭起这个法宝，一边抵御诱惑，一边在男欢女爱的箭树丛里穿梭，盔甲在身，才不至于丢失什么，追悔什么，遗恨什么，哀痛什么。

本章结语

处于生命的第五个生命周期的女性，生命好像一条河流，从最初的涓滴发源，到青春期的河道狭窄，生命力冲突澎湃，到青春妙龄的爱情至上，如今走到了芳草鲜美、花繁叶茂的阶段。感情日渐稳定，大部分都步入围城，为人妻母。无论从身体上，还是心智上，都越来越成熟，但是仍旧会有迷茫。人生本来就是一个大课堂，每个人都是永远毕不了业的学生。

在这个人生阶段，如果做了妻子，那就做一个好妻子，善待丈夫、善待丈夫的家人；同时，也要意识到：围城不是永生不变的恒温保险箱，而要把婚姻当作一场修行。在这场修行里，每天都念着"柴米油盐"的经，有的人能把它念得妙趣横生，色香味俱全，有的人却把它念得咸苦如同眼泪，或者寡淡如同白开水。要善于反思和调整，才能经营好婚姻。

如果做了母亲，就要意识到，做母亲是永生不得推卸的责任，对孩子既负责任又不给孩子施加过分的重担，时时处处为孩子想在头里，却又不能剥夺孩子的自主和自尊。并且做好和孩子一起成长的思想准备，时时刻刻对自己的思想、做法进行更新。只有这样，才能做一个好母亲。

第六章

删繁就简三秋树：
36岁到42岁，繁花落处亦有香

　　人生到了第六个生命周期，这个年龄段的女人仍旧繁花似锦，仍旧能够活得令人目眩神迷。可是，有一件事实我们不得不承认：纵使尚未阅尽繁华，但是也看到了繁华背后苍碧的背景；纵使尚有许多趣致，但是也感觉到了趣致背后隐现的苍凉。纵使仍旧愿意在人们的目光的中心地带流连，但是也需要做好牵起裙裾，优雅而安静地退场的准备。你呢，做好准备了吗？

第一节
排遣寂寞不重要，接受孤独才重要

36 岁到 42 岁的女子，孩子已经长大到不需自己不可须臾离开、老人也还没有老到需要自己衣不解带地服侍。自己的事业也趋于稳定，人生的格局大体算已确定。这一切都可以用两个字来概括：安稳。既安且稳，是颠沛流离者最羡慕与向往的生活状态，可是，若是安稳的时间长了，却又会渴望变化。

看着镜子里的自己，容颜依旧年轻，光彩依旧照人，可是家庭总是这么一个家庭，老公总是这么一个老公，好像长长的一生从现在可以一直望到未来，真是绝望。于是，心念起了，心思动了，就不甘寂寞了。

小心啊，存了一个不愿寂寞的心思，说不定就会有让你不再寂寞的人出现呢。

36 岁的许颜晴，有一个很好的小家。她平时习惯走路上班。正走着，一辆白色吉利在身边缓缓停下，一张脸探出来："小颜？"

颜晴纳闷："是我。"

"去上班？"

"是啊。"她拿不准地笑着，担心是什么熟人。

"上来，我送你。"

她犹豫一下，上了车。有一搭没一搭地说些闲话，越说越牛头对不上马嘴，那个四十来岁的男人还在慢悠悠说个不停，说了一会儿，不见回应，那个人也纳闷："你是小颜？"

"啊，"她笑，"我的朋友和家人都叫我小颜。"

"你在旅游局上班？"

"不是，我在环保局。"

然后双方同时笑起来，同时说话："认错人了！"

这就算认识了。那个人问她要电话号码，她一边淡淡地笑着，拿不准地想：或许，我该拒绝？可是又想不出拒绝的理由。这是个颇有风度的男人，并不因为认错人有什么难堪，仍旧谈笑风生，把她一路送到单位，看她进门，才把车调头，开走。她一边进门一边想，原来邂逅就是这样子啊。

三个月后，她接到一个电话："是小颜吗？"

她本来正在睡午觉，一下子清醒，原来下意识里，一直在等这个人的电话铃声，否则，岂不是浪费了一次美丽的邂逅？

半个小时后，她整整齐齐出现。这个男人叫许冠生，一身白西装，修长的指间夹着香烟，正靠在车门边。那一瞬间，她以为是看到了电影，自己恍惚成了裙裾摇曳，步步生莲，去赴香约的女主角。

第一次约会，有一种彬彬有礼的距离，倒更加增了雾里看花的美丽，她轻颦浅笑，听这个男人说东说西，说自己的家庭悲剧。一个儿子，长到十五六岁，猛然间猝死，做父亲的悲痛欲绝，却不

得不摇摇晃晃地活下去。她静静地听着一个男人拉不断扯不断地诉说，一边想，这大概就叫寂寞。

他带她到一个清幽雅致的地方吃饭，里面居然有流水潺潺，还有宽大肥厚、真真假假的芭蕉叶子，是她喜欢的地方，吃的也是她喜欢的素菜，正在吃饭时，先生打过电话来："在哪里？"她回："在外边，有应酬，回去晚些。"

临别，他问："假如以后我时常打扰，你会介意吗？"

她笑："怎么会呢。"

回到家里，孩子埋头写作业，先生沉着脸看电视，她像偷嘴吃的猫勉强掩饰着兴奋和不安，若无其事地换鞋。先生尊重她，什么也不问，她的理直气壮就是最好的挡箭牌。她回来的时候，早已经给自己想好了退路，包括晚归的借口，包括赴约的理由，滴水不漏。

此后的发展和一般的偷情男女没什么两样，无非是爱了，无非海誓山盟，无非想挣脱枷锁，一辈子卿卿我我。可是怎么可能呢！她还没来得及跟丈夫摊牌，他就吓得忙不迭往回缩了。他的妻子是一家银行的行长，他也是一个单位的负责人，怎么可能打破强强联盟，重新排列组合？再说，爱也爱了，床也上了，一枚红薯，在别人家的盘子里热气腾腾的供着，当然是香的，一旦偷得来，吃到嘴，滋味也不过尔尔了。

可是她不肯，抓破脸地闹，拿一瓶农药到他的家里喝，他和他太太合力把她搡出来，"滚！"关上大门。她的绝望像潮水，漫天漫地淹过来。这就是日思夜想的爱情吗？

　　她先生把一纸离婚协议摆到床前，她咬咬牙，把字签了，转眼就什么都没有了。

　　又一个清冷的早晨，照样背包步行，路上一阵风来，槐叶落如急雨，也掀起自己的风衣。迎面一辆车驶来，白色吉利，交汇的一刹那，车速减慢，她也不由放慢脚步，就那么一刹的犹豫，就彼此都不再停步地错开。

　　这就是一场美丽邂逅的结局，不过是把一对原本就是陌生的人再还原成陌生人，把一块华丽的绸缎焚烧成一堆灰烬。绸缎化成的灰，无论前身怎样光华耀眼，和柴草化成的灰，又能有什么区别？

　　《六朝怪谈》里有一个故事，讲一个寂寞的富商老婆爱上一道彩虹，彩虹和女人生了一个儿子叫小彩虹，然后彩虹走了，女人把小彩虹养在水缸里。过了几年，小彩虹大了，彩虹爸爸就把彩虹儿子也带走了。山间水流处，两道彩虹弯弯，挂在雨后的天边，富商老婆泪盈满眼，这个世界又剩下自己一个人了。

　　其实这个世界剩下自己一个人的太多了。山间水流处，既有爱上彩虹的富商老婆，也有布衣粗食的和尚。"千峰顶上一间屋，老僧半间云半间。昨夜云随风雨去，到头不似老僧闲"。富商老婆闲的不是心，是人，老僧闲的不是人，是心，所以富商的老婆不甘寂寞，高僧大德却安于孤独。

　　所以有必要说说孤独这件事。

　　在奥弗涅中央山脉，一个名叫康塔尔山的两千米高的火山，山顶上的岩穴里住着一个人，靠着喝生水，吃野草、蜥蜴、蚂蚁和爬虫生活。他叫格雷诺耶。因为敏感非凡的鼻子，他在尘世生活中积攒下十万种气味，然后逃离人群，凭此在荒凉世界盖起一座想象中的气味城堡。白天他幻想在天上飞行，给整个世界播洒各种气味的甘露；晚上他幻想有看不见摸不着的气味使者给他拿看不见摸不着的气味之书，以及气味饮料和气味美酒，一杯一杯把自己灌醉，最美好的一瓶是被他谋杀的马雷街少女的体香……

这就是《香水》的作者帕特里克·聚斯金德赋予主人公格雷诺耶——这个天才加疯子——看世界的角度。

可是，有一天，他却惊恐地发现：世界上万事万物都有自己的气味，而他却没有一个"人"应有的味道。这种感觉让他发狂，他重新走进人的世界：他要制造出世界上最伟大的香水，他要成为全能的芳香上帝。这种不祥的愿望使他像张着大嘴的狮子，吞噬了一个又一个少女的生命，他把她们的身体变成萎谢的花朵，掠夺了她们的芳香，终于真的制造出上帝一般的味道。

罪行败露，马上要被带到刑场处死的那一刻，他试验了这种香水的魔力——他只不过滴了一滴在身上，在场的一万人，包括被谋杀少女的父亲、母亲、哥哥，就都把他看成是他们所能想象的最美丽、最迷人和最完美的人。而他像上帝一样面带微笑，谁也不知道他那微微牵起来的嘴角掩饰了什么：

他恨，他嫉妒。这些人卑微、下贱，却拥有尘世的一切。他们有自己的气味，他却没有。他实现了"伟大"的理想，却仍旧是一个无法回到人类世界的幽魂。

臭气熏天的公墓里，格雷诺耶把整瓶香水倒在身上，引诱一群流氓、盗贼、杀人犯、持刀殴斗者、妓女、逃兵、走投无路的年轻人出于绝对和完全的热爱，把自己分而食之。半小时后，这个天才和疯子的合成物，谋杀少女的人犯，伟大的香水制造师，从地面上彻底消失，一根头发也不剩。

《香水》这本小说就像一只大手伸进生活的五脏六腑，好一阵翻搅，从里面挖出最深、最本质的东西：孤独。

因为孤独，他不懂人是要爱人的，也是要被爱的，人的生是值得庆贺的，死却值得悲伤。所有人世一切情意和法则，都被他轻轻忽略掉。他毫不怜悯、毫不手软地害死前后一共二十六个美丽少女，只是为了占有——违背人类通行法则的孤独，就这样成为整个人类的噩梦。

而当他靠着假冒的味道招摇过市，他的"想被认知的迫切感"，也许正是我们共有的焦虑。这里体现的是一个恒久的孤独与追求被认同，但是到最后却注定永远孤独的命题。

我们生活在群居共食的社会型群体居住环境里，被相同的价值体系支配，认同钱是好的，爱是好的，有朋友是好的，但是，每个人的心里又都有一道幽深的关锁，锁着的，就是那个小小的、叛逆的、孤独的灵魂。所以我们永远不可能像太阳地里那一大片金黄耀眼的向日葵，冲着一个方向微笑，冲着一个方向唱歌，冲着一个方向感恩和祈祷。每一株植物的心里都流淌着孤独的浆液，既渴望被认同，又渴望独立，在反反复复的矛盾中撕裂着自己的灵魂，彼此相望，却不能懂得。

孤独与善恶无关，与群居还是独居无关，它是铺排在每个生命底部的色彩，生命的最初和最后一层裸色，一种泯灭不了的感觉。怎么摆脱它？估计没有答案。唯一可操作的，也许就是想办法从被动孤独转化为主动孤独，求得心情的恬然自安。我十分推崇日本良宽禅师的境界："生涯赖立身，腾腾任天真。囊中三升米，炉边一束薪。问谁迷悟迹，何知名利尘。夜雨草庵里，双脚等闲伸。"因为这个胖和尚默然无语的境界，是真的让我觉得恬然成趣的，那是一种充满了自给自足的球式满足感。

在孤独中得到满足，既不需要冒险和艳遇拯救，也会不觉得婚姻无趣，人生枯燥。

俘获爱情不重要，经营家庭才重要

女人是感情动物，她的特点就是把爱情当水喝。这样做的结果，很可能是花心滥情，这对于家庭是毁灭性的打击。

我有一个学生，家庭破碎，孤寂可怜。下面是她写的文章，叙述她对妈妈的回忆：

我的脸上血肉模糊，一边在医生手里奋力挣扎，一边大哭："我要找妈妈，妈妈啊！"妈妈离我几步远，捂着脸也哭，眼泪把她的手打湿了，再一滴滴掉到地上，在她的脚下汇成一个小水坑。

那时我大概四五岁，正是调皮的年龄，跟着妈妈到我们那里的一段古城墙上去玩。上面荆针棘刺，走路都要步步为营，结果我一不小心从高高的坡上滚了下来。妈妈先是吓傻了，接着撕心裂肺一声长嚎就从山坡上冲下来，裤子给丛生的荆棘挂成破布条，腿上胳膊上鲜血淋淋也顾不得，抱上我就往医院冲。

那个时候，妈妈温柔又漂亮，我和妹妹打心眼里爱她，她也把我和妹妹当成命根子。记得刚有妹妹的时候，小小的我心理上极端排斥，一看到妈妈抱着妹妹就大叫："把妹妹扔掉！把妹妹扔沟里，把她扔到马路上！"妈妈一边把妹妹搂得紧紧的，生怕我做出过激的举动，一边也把我搂到怀里，柔声安抚。她是一个十分爱孩子的女人，有一种天生的母性。相比起来，爸爸的形象就平淡得多，只知道像老牛一样埋头干活，每天早出晚归，挣一点点工资。他是一家小工厂的技术员，厂里效益不好，他的工资也时有时无。我妈是一家国营单位的会计，风风火火，十分能干，而且细皮嫩肉，又打扮得漂漂亮亮，所以两个人并肩出去是尴尬的一件事，简直能差一代人。

不过那时印象中妈妈和爸爸很恩爱。那是在八十年代初，经济改革大潮还没有全面铺开，金钱至上的思想也没有像现在这么盛行。全家住一套一居室的房子，生煤油炉子做饭，吃的也不过豆腐青菜，吃过饭他们手拉手逛街，我和妹妹一前一后地乱跑，一家人其乐融融。后来，时光不知不觉迈进到九十年代，我们靠着我妈妈的能力，一居室换成两居室，到现在换成一百八十平米的三室两厅，我初中毕业就不上了，在本地一个工厂当电工，妹妹也不爱上学，但是经商有天分，于是小小年纪开始跑供销，成绩不错，按说日子越过越好，我们应当舒心。没想到这个家却越来越不像个家了，妈妈在我们眼里也越变越陌生。

不知道从什么时候起，妈妈越来越爱骂爸爸，越来越不爱回家。虽然爸爸平时不言不语，但是我们都看得出来，他很爱妈妈。妈妈一往家打电话："我不回去了，你们自己吃饭。"爸爸本来兴冲冲择葱剥蒜的，一下子手就耷拉下来，撂下东西去客厅看电视。看电视也心不在焉，一会儿一抬头，老是看墙面上的钟。我们都睡觉了，他还守着电视打盹。什么时候听到门"咯嗒"一响，他轻微地出一口长气，才趿上拖鞋回屋。妈妈满身酒气，哼着小曲——她一高兴就唱曲儿，一唱曲儿我们就知道她又喝高了。可是，她和谁喝酒喝得这么高兴？我们不敢问。爸爸更不敢问。

妈妈对我们极为溺爱，但是对爸爸却怎么厉害怎么来："你个傻蛋，松熊，没有本事，有什么脸管老娘！我爱和什么人喝酒和什么人喝酒，爱什么时候回家就什么时候回家，不回家也不用你来管。撒泡尿照照镜子，你也配！"

想来，她也是不如意的吧。左邻男人是局长，右邻男人是富翁，就我爸是个小小的技术员。爸爸没本事，连累得爷爷奶奶也受穷。妈妈不是个好儿媳。一百多平米的大房子，没我奶奶他们的份，平时他们在一间破砖房里栖身。别说妈妈没给过奶奶零用钱，就是爸爸和我们偶尔给一点，也得偷偷的，知道了得挨一顿臭骂。爷爷得了半身不遂，还有糖尿病，需要长年吃药，他们二老没有经济来源，没奈何靠我奶奶偶尔给人家打一点短工，甚至到很远的村里去，给人家摘棉花，挣一点吃药钱。

爷爷奶奶知道妈妈和爸爸关系不好，再无他愿，唯求他们不吵不闹，清清静静。至于钱给多给少，给与不给，都没有关系。没想到这一点微薄可怜的愿望都实现不了，而且事态还有向大里发展的趋势。

下雪了，满天满地的白。这样的天气，又是礼拜天，一家人守在家里吃热气腾腾的涮火锅，要不就包饺子，够多么难得。妈妈果真买来一大堆大白菜、油菜、香菜和几斤绯红的羊肉片，准备中午吃涮羊肉的。爸爸也心情轻快，哼着不成调的歌忙里忙外。我爸爸唱歌就会唱一句："喜马拉雅……"后面准接不上来，我和妹妹就笑他。

快中午了，妈妈接了一个电话，一句话就冷缩了我们的高兴："你们自己吃吧，我有事，要出门。"气氛一下子冷下来。爸爸问："去哪里？"妈妈不耐烦地说："不用你管！"一边描眉画眼涂口红，把大波浪的卷发梳得柔柔顺顺，换上羊绒大衣和高跟鞋就出去了。我想张嘴安慰爸爸一下，又觉得难说话。妹妹脸通红，有点要哭的意思。三口人吃过一餐没滋味的饭，妹妹闷闷不乐地一个人趴到窗台边看外面飞舞的雪花。猛听她叫一声："快来看！"我们也到窗前，看见雪地里走着一红一黑两个人，穿黑的看不出是谁，男的，高高壮壮的身材，穿红的是我妈妈，那身影百倍熟悉。两个人手拉手，一道登上我们楼外紧邻的古城墙。爸爸连拖鞋也没换就疯了样冲出门，我和妹妹也紧跟了去。过去看见让我们尴尬到死的一幕，那个男的紧紧搂着妈妈正在亲吻，妈妈双手环着他的腰，忘情地仰着头。爸爸拖鞋跑掉了一只，冲上去就和那男的厮打在一起，

自始至终没敢动我妈一指头——男人惧起内来，真够呛。妈妈刚开始没回过神，回过神脸通红，"啪"，一个耳光打在我爸爸的脸上，"滚！"

夜里，他们在卧室爆发出激烈的争吵，妈妈疯了样骂爸爸是窝囊废，没本事。骂到最后说出两个字：离婚！我和妹妹一直在门外听，妹一听这个就吓傻了，跑进去扑通一声就跪下了："妈妈，求求你，不要和爸爸离婚。"我拉起妹妹，怒视着妈妈："妈，离婚可以，你自己走人，我们跟爸爸过。"妈妈气得要背过气去："好好好，小兔崽子，你们的良心叫狗吃了。跟你们的窝囊废爸爸过去吧，看他能给你们什么！"

婚没有离成，奶奶拉着我半瘫的爷爷一瘸一拐进了门，扑通也给我妈跪下了："荣子，你不要离婚。眼看阿杭就要说亲，你离了婚，好说不好听，影响孩子的婚姻……"

所以说我妈妈还是疼我们的，她不再提离婚的事，和爸爸成了一个屋檐下冷若冰霜的陌生人，后来她干脆搬出去和那个男人同居了。

四口之家只剩了三口，我和妹妹极力逗爸爸开心，渐渐的，爸爸乌云笼罩的脸上有了一丝丝笑纹。一家三口虽然钱不富裕，但是有我和妹妹帮衬着，也可以过得去，无非清苦一些。而且，没有人阻止他再孝敬我奶奶，过礼拜天还可以把奶奶和爷爷接过来包饺子，一边包一边高高兴兴说闲话。大家都小心翼翼不提妈妈，她是扎在我们心上的一根刺。我们让爷爷奶奶搬回来住，奶奶说不了，哪天你妈妈回来看见，会不高兴……

爸爸对妈妈的挂念我们都看得出来，我和妹妹也老是想起往日的点点滴滴。妈妈，你为什么这么狠心，说走就走，毫无留恋？不知道你和那个男人花天酒地、一掷千金的时候，有没有想起我们？

凌晨，电话铃声大作，把我们从梦中惊醒。爸爸听完电话来不及换衣服，一身睡衣就往楼下冲。我和妹妹着急慌忙紧随其后，连声问怎么了，脑子里想的是我爷爷，莫不是老人家的病……我爸爸说了一句话："你妈妈自杀，现在医院……"

等我们赶到医院，妈妈正被医生反复折腾着催吐，洗胃，脸色苍白，狼狈不堪，身边没有一个人。看着她在重症监护室，戴着痒气罩沉沉昏迷，往日的神采飞扬全看不见了，我鼻子一酸。爸爸眼珠子发红，两行泪正慢慢地流下来。

我们在医院里守了妈妈三天三夜，妈妈才彻底清醒过来，一见我们就哭，拉着手死命不松开："阿杭，小瑶，我只当再见不着你们了……"爸爸在一旁一言不发。我问："妈，怎么回事？"她苍白的脸慢慢起了红晕："那个男人又有了新女人，为那个女人打了我一顿，我一气之下喝了药，后来就什么也不知道了。"

此后一直到妈妈出院，那个人一次也没有出现。办完手续，我和妹妹眼巴巴望着爸爸和妈妈。爸爸不说话，妈妈脸通红，一家四口人站在歧路，不知道何去何从。妹妹拉着爸爸的手，暗示地轻轻摇，坚决地摇，沉默，沉默。终于，爸爸冷淡地问："你去哪里？"我揽着妈妈的肩，胳膊上用一点劲，再用一点劲，妈妈低下头："回……回咱们家吧……"

现在，我们一家又成了四口，爷爷奶奶也被接了过来，一家人虽然其乐融融，但是我的心里仍旧有挥之不去的阴影。这件事到底该谴责谁？是爸爸的姑息软弱，还是妈妈的虚荣？谁能担保最初的忏悔和自责过后，我的妈妈不会再当一回出墙红杏？

——说实话，这个孩子实在是极可怜了。透过她的视角看过去，她的原生家庭是那么令人惶惶不安，她的人到中年的妈妈是造成这一切的原因。

有一次深更半夜，我给一个女友做过一次心理疏导。事实上，是她自己疏导自己，我只是听她倾诉的"树洞"。

她虽然已经40岁，却始终和母亲的关系不好。在她小的时候，就隐隐约约听到街坊邻居对母亲指指点点的议论，也亲眼见过母亲和一个男人在一起非常亲密。她的父亲非常老实，管不住母亲，反而天天被母亲骂得狗血淋头。她长大之后，早早结婚，生孩子的时候，母亲去看她，她都反感得扭过脸去不愿意看。她说："我的心里始终扎着一根硬刺，消化不了，在心里化着脓。"那天晚上，她对我讲述了一件事：

她14岁那年，夏天，大家都在房顶上乘凉，然后干脆就睡在房上。那天晚上，她的父母和那个男人，都在房顶。她睡到半夜，听着父亲的鼾声如雷，朦胧中，先是看见那个男人悄悄下了房，然后是母亲也蹑手蹑脚下了梯子。她心里模模糊糊感觉到些什么，过了一会儿，也悄悄跟了下去。推开屋门，模模糊糊的光线里，两个人影缠在一起。她站在门口，母亲发现了她，紧张地推那个男人："快下去，妞子来了。"

她扭身出去。

从那以后，母亲无论说什么，她都没有再听过。母亲骂她，她就和母亲对骂，甚至要用火柴烧房子。一直到现在，提起母亲，她的心里都泛上一层克制不了的厌恶。

那天晚上，相隔千里之遥，我听她在微信上的语音一条一条发过来，先是语气平静地叙述，然后是克制不住的哽咽，最后号啕大哭，彻底崩溃。我能鲜明地感觉到她年幼的时候，受到的伤害有多痛。这种痛深埋了这么多年，就像一根拔不去的硬刺，真的在心里化着脓，深刻而恶劣地影响着母子关系。

这个年纪的女人，真的是极美，心思也真的是极活泛，情感也真的是极充沛，家庭也极容易发生危机。所以，一定要当心。

第三节
维持美貌不重要，丰富心智才重要

"一枝红艳露凝香，云雨巫山枉断肠。借问当宫谁得似，可怜飞燕倚新妆。"李白用生花妙笔，歌颂了大唐杨贵妃的美貌。

确实，女人是需要美丽的容貌的，这一点非常重要。

为了维持美丽的容貌，天下从古到今的女子，可谓无所不用其极。看电影，张曼玉扮演的阮玲玉坐在梳妆台前，细细描画，一个小姑娘轻步上前，说："听说，你画一条眉毛，需要一个小时？"

张安静地笑，说："我在哈尔滨拍戏的时候，画一条眉毛需要两个小时。"

现在时代在发展，女子对于美貌的追求更是不遗余力，不光是沿用古代的法宝，而且还举起了整容的大旗，因整容而毁容的大有人在。

当然，这样说并不是鼓励人们不化妆。在一档真人秀节目上见到一个女孩，戴着眼镜，朴素到毫无修饰，甚至说什么也不肯让化妆师在她上场之前替她化化妆。这样的形象说实话，也不好看。

但是，过分注重容貌，说实话，也不好。

网上见一则新闻，说是两个女孩子在路上走得好好的，莫名地遭到一个中年大妈的暴打，边打还边说："想当年我也年轻貌美过，你们嚣张什么！"人家何曾嚣张什么了，是你觉得自己容颜已逝，见到年轻貌美的面孔，心里不平衡罢了。

可是，容颜终归是要老去的，有几个人真的能活成老妖精一样呢？不记得谁说过一句话了，"没有皱纹的外祖母是可怕的"。确实，想想都令人觉得寒。若是看着眼角皱纹出现，就觉得世界崩塌，那我们也就只活了一张皮，这样的人生也太可怜了。

所以，维持美貌不是不重要，多用些化妆品也没什么不好，多穿些好衣服也没什么不好，只是也没有人们想象的那么重要。

最重要的，还是丰富自己的心智吧。除了逛街，也多读读书；除了聊天，也多研究研究花道、茶道；除了肥皂剧，也多看看人文地理的片子；除了眼前的柴米油盐，也操心一下世界的事、自然的事、灵魂的事；除了七大姑八大姨，也交一些上档次、有品位的朋友。一句话：扩大自己的圈子。

扩大读书圈，不仅要看时尚杂志，也要看一些有深度的好书，哪怕读几首唐诗宋词也好；扩大审美圈，不仅看外貌和衣裳的美丑，也鉴赏山石水流花鸟树木。扩大交友圈，扩大思想圈，扩大的过程其实是蛮艰难的，需要开疆拓土一般地消耗时间和精力；但是扩大之后，整个人就不一样了，眼睛不再只关注脸的好看不好看，而是关注更多、更好、更值得关注的东西。

电视剧《甄嬛传》里面的妃嫔们个个美貌，如花似玉，可是有的人得宠，有的人不得宠。华妃得宠固然因为她貌美，更重要是因为她的哥哥是年大将军，皇帝不敢不宠。一旦皇帝布局成功，一举铲除年家一族，华妃马上失势。这个女人读书不多，不知道什么叫盛极必衰，荣极则辱，只一味逞强好胜，落得凄凉结局。说起来最受宠的自然是甄嬛，固然是因为她肤光胜雪，令皇帝爱不释手，她却很清醒地知道以色事人者，色衰而爱弛的道理。平时和皇帝相处，诗词歌赋信手拈来，经略大事侃侃而谈，胸中有万卷，口中吐锦绣，皇帝如何不爱？就算这么一个人未曾入宫，不过是一个寒门小户的女孩子，也能活得清醒而得人敬重，断不至于被人当作草芥一般。往最差的结果来想，这么一个人清寒一生，孤苦一世，如果心志丰富，也不会活得毫无尊严，摇尾乞怜。

人这一辈子，美貌是手中的牌，越打越少；心志是接水的石，水愈滴，石愈深，最后洞穿，心思洞明，世事洞明，一生清明。

第四节
伪作浪漫不重要，细水真情才重要

　　没有哪个女人不喜欢浪漫。这个词出自宋朝苏轼《与孟震同游常州僧舍》诗之一："年来转觉此生浮，又作三吴浪漫游。"浪漫总的来说，给人的感觉就是"浮"的吧。

　　一个女人，自己是北方人，年轻时却喜欢上了一个浪漫的南方男孩子，于是她跟着他，千里万里，来到湖州，来到南浔。她摔门而出的时候，身后响起妈妈的哭声和爸爸的吼声："你走了，就永远不要回来！"被宠大的公主头也不回。

　　两个刚毕业的大学生，一个当了月收入不到一千的所谓文员，一个干脆当了搬运工。日出而作，日落回巢，在租来的小屋里，她给他洗衣裳，他给她炒南浔独有的菜——绣花巾。

　　这里还有桔红糕，绵软甘甜，也是北方没有的，老豆腐虽然北方有，但北方的老豆腐却是论碗来盛，放韭花、青蒜、辣椒末，这里的老豆腐是论块的，热热地从锅里捞出几块，放进碟里，抹一点葱花和辣椒酱，用牙签插了来吃。真的，一切风俗和家乡不同。最初的新鲜劲过后，她开始如饥似渴地想念妈妈做的手擀面。

晚上，他围着围裙一如既往地炒绣花巾，她的胳膊环绕住他，他不耐烦："小心油烫。"刚开始不是这样的，他炒菜，她环住他的腰，他会一边翻动锅炒，一边扭过脸来，和她深情拥吻。

可是现在，激情不再，爱好像也稀薄到几乎没有。犹豫挣扎了许久，她终于提着简单的行囊，重新站在自己的家门口。就这样，回来了，嫁人，生子，生活波澜不惊。如愿以偿地吃着妈妈做的手擀面，自己也学会了擀面喂夫君，一边细细感知平淡中的幸福，一边却总在午夜梦回的时候，心里发空、发痛。

一转眼，十年过去了，自己也已经将近不惑，躺在床上，她的心情说不出的灰暗。

老公很爱她，可是在她看来，却太庸俗。饭桌上他开心地说说笑笑，无非是天气，无非是上班，无非是公婆和孩子。她也曾试图向丈夫描述一朵花是怎样开放的，一只鸟的叫声里有多少含义，可是他不感兴趣，一边呜呜地应一边往嘴里扒拉饭，眼睛始终盯着不能卒视的八卦电视。

于是，吃过没有滋味的饭，她一头钻进书房，关上门，迫不及待地寻找网上世界的花红柳绿。

她结识了一个很优秀的男子，出口成章，妙语如珠。在他的柔情碧水里，她觉得自己成了一只连骨骼都要化去的小鱼。谁知道投入越多，陷得越深，她却惊恐地发现，他们的恋爱正迅速地消解，他开始躲避她火一样的热情。晚上睡觉，想着他又有好几天躲着不曾理她，她就被一阵深深的恐惧攫住。假如此后他再也不来了，自己的世界又将重新坠入多么深的黑夜。假如他从来没有出现也罢了，可是偏偏硬是杀进自己的生命里，剜也剜不出来，痛却痛得要死。她伤心失望，又无可发泄，随便寻个由头，放声大哭。丈夫惊慌失措，搂她在怀里，轻轻地拍哄，却始终不肯问一声怎么了。他不是一个傻男人，但有些事情他没有勇气面对。

哭够了，哭累了，一边骂着狠心贼睡着了。一睁眼，满室的阳光，丈夫去上班了——罢了，这个班，不上也罢，永远没有出头之日，只挣着微薄到饿不死人的一点工资。谁知道上午还没过完，丈夫就尘灰满面地回来了，手里举着给她买的一罐润肤霜，幸福地笑着，说："老婆，看我给你买的化妆品，你闻一下，香着呢！好几十块！"她不好反驳，心里说，好几十块的让我怎么用，我用的都是好几百块的！那罐霜，就那样一直蹲在梳妆台上。

这段恋情不知不觉就画上句号了，那个人不知不觉就淡出了，只有身边这个男人仍旧不咸不淡地存在着。烦了，厌了，骂他了，伤他了，他怔怔地望着她，眼睛里有一层泪膜，却一句重话不肯说。

她靠着床头在往事里沉没，他正睡在床上，翻个身，朦胧中一把搂过她来，梦里还喃喃自语地叫：老婆……她一瞬间有些恍惚：给这个男人当老婆多少年了？五年？十年？啊，不对，十几年了呀。这么多日日夜夜，他一直用一只鸭子的姿势，结草衔环，搭建一种平凡的日子，当成她一飞冲天的平台，然后他在下面仰望她飞来飞去，满怀忧虑，却不说一字。

她才明白，真正的爱情不是风花雪月，而是一饭一丝；真正的举案齐眉，不是看读书多少，才气大小，或者工资高低，而是穿越

岁月风尘，两个人携手面对整个世界时，精神上的并肩站立。

这天夜里，半夜两点，陌生来电，她接起来，一个怯怯的女声问："请问，你那里，有房子租吗？"

她想起来，前几天还真贴过一个招租广告，一处小房，暂时不住，准备租出去换个仨瓜俩枣，把家里的菜钱给解决掉。不过有大半夜租房的吗？正想挂掉，那边好像有一个小孩的声音，抖抖地说："妈妈，我冷……"

电话挂不下去了。

问明地点，叫上先生一看究竟，暗淡的路灯下，一个衣着入时、面目姣好的女人，腿边偎着一个四五岁的小女孩，眼神活像受惊的小兔。她把她们带回家里，发现孩子脚跟已经磨破了皮，露着血红的肉。这个女人是带着孩子走了多长时间呀？而且，孩子还脸色绯红：发烧了。

她赶紧找感冒药，喂孩子吃下去，刚想向这个介绍租价，这个女人却说："对不起，我没钱，付不起房租……"

她问她：发生什么事了？你的家人呢？小孩爸爸呢？

这个女人说，自己没有家人，小孩子的爸爸也不是"家人"，而是"情人"。

她爱他，爱他的英俊潇洒，爱他的辉煌豪华，爱到明明知道他已经有太太，也肯为他生孩子，死不要脸地跟着他，甚至在他的公司里任高管，替他拼命打天下。而他也肯为她制造惊喜和浪漫，比如记住每一个和她相关的日子，然后送她巧克力、钻石和鲜花。说到这儿，她脱下手上的钻戒："大姐，先拿这个折抵房租吧，等我有了钱再往回赎。"他一定没想到，他送她的钻戒，被她用来寻找离开他后的容身之处。

她问："为什么现在不肯跟他了呢？"

这个女人说，今晚 38 岁生日，请为他庆生，结果他居然带去他鲜嫩漂亮的新情人。她二话不说，带上孩子出了门，从晚上九点，一路逛到凌晨两点。她真想这么一路走死了算，可是小孩子太可怜。而且，她以前居住的房子，产权也是他的，所以她现在是真正的无家可归。

这对母女就这样住了下来。不过三天后，女人就带着孩子搬走了，戒指她当然没有收下她的。多半年后，她和带着孩子的女人再次见面。当年落魄街头的女人身边如今站着一个男人。小孩长高了些，神色多了活泼和灵动。女人长胖了些，眼神不再冷厉，反而透出一股温香。旁边的大男人说："你好，我是娴雅的丈夫，谢谢你当初收留娴雅。"

原来这个人是她手下一名得力的中层主管，她辞职后，他也辞职不干，到处找她，然后下跪求婚，说爱了她好多年，可以给她一个家，给她的女儿当个好爸爸。于是，就结婚了。

"那，你幸福吗？"

"幸福。"她毫不犹豫地回答，"以前只觉得幸福不过是玩玩浪漫，现在才知道最幸福原来是过过好日子，数数钱。我把那枚戒指典当了，租了个店面，他当店主，我是老板娘。虽然现在一个月过手的钱还不如以前一天多，可是我却觉得很幸福。"

她也替他们觉得幸福，也替自己觉得幸福。原来，伪作的浪漫真

的没那么重要，至少不如吃饭喝水重要，不如过过日子数数钱重要。

是啊，的确如此。女人没有不喜欢浪漫的，尤其是这个年龄的女子，因为日日过的都是柴米油盐，更是渴望被浪漫滋润干枯的心田。只是一定要警觉，宾不是主，千万不要一门心思追浪漫，却被浪漫砸脚面。

第五节
拼命赚钱和拼命省钱都不重要，
适度花钱才重要

朋友夫妻来访，我请他们到茶室喝茶。男士在当地要紧的机构做着不大不小的官，妻子开着一个小小的店面。我和做妻子的亲亲热热拉话，我刚开始叫她"姐"，可是一攀谈，才发现她还小我几岁，虽然才四十出头，但是看起来却有五十岁。她说："姐，要我说，咱们喝茶满可以在自己家里喝，在这里费多了。"我说："我家地方窄，而且茶也不如这里的好。"她说怕什么！就那种袋泡茶，一人一袋就好了，反正我们就是说说话，也不搞这些个形式。你看我，这双皮鞋都穿了六七年了，这不还和新的一样？我低头看看，这个朴素可亲的妹子的鞋子打了鞋油，还是光亮的，只是僵纹满布，鞋跟磨得偏斜，说它和新的一样，是勉强了。我转而批评男人："你是怎么当人家老公的，弟妹不买新鞋是她明事理，替你省钱，你不能不给她主动买呀！""嘻"，朋友说，"你冤枉我了。家里钱都是她攥着，恨不得一分钱都攥出油来，别说她的鞋，我的鞋都是穿了好几年的！""哎呀，过日子，就是要俭省呀。"她说。

三毛笔下有一个人，贝蒂，她的丈夫米盖和三毛的丈夫荷西情同手足，两个人性情也相近，都浪漫，也都舍得花钱，急人所难。米盖没和贝蒂结婚之前，是个快乐的单身汉，个性奔放，不拘小节，借钱给朋友一出手就是一大笔，高兴时买下一大堆音响设备，不高兴时就去买张机票回西班牙故乡去看女朋友。

后来，他们结婚了。三毛夫妇到他们家吃饭，原本想着会吃到一顿丰盛的大餐，哪想到主人家只给准备了细面似的清汤、炸马铃薯和四片肉——刚好够一人一片。

"米盖结婚以后，安定多了，现在我一定要他存钱，我们要为将来着想。"贝蒂很坚决地诉说她的计划。甚至沙漠那边战事如火如荼，荷西辞了职，贝蒂却不允许米盖辞职："我们米盖再危险也得去，我们没有积蓄，只要不打死，再危险也要去上工的。"

辞职的荷西天天钓鱼，吃不了，贝蒂讨很多回去。每一次米盖从烽火乱飞的沙漠休假回家来，他总是坐在一盘鱼的前面，而且总是最简单的烤鱼。"我们米盖，最爱吃我做的鱼。"贝蒂满意地笑着，用手爱抚地摸着她丈夫的头发。米盖靠在她的身边，脸上荡漾着一片模糊而又伤感的幸福。

这样的女子，这样的拼命省钱法，确实不是特别好。

如今都说"女人要对自己狠一点"，说白了，就是该给自己花

的钱要花，不该给自己花的钱编个理由也要花，我这个朋友的妻子
和三毛笔下的贝蒂，则是该给自己花的钱也不花，不该给自己花的
钱更不花；该给亲人花的钱也不花，不该给亲人花的钱更不花。总
之，就是不花不花不花！

可是，舍不得花护肤品，一张脸黄旧暗沉，皱纹累累，这样真
的好吗？虽说青春易逝，人总会老，可是老得舒缓一点难道不好？
舍不得买衣服，可是有一句俗话叫"佛要金装，人要衣装"，到底
衣服除了遮羞布的作用，还
能修饰身材，提升气质。整
个人一身旧衣，两只旧鞋，
敝旧拖沓，真的好吗？光
鲜亮丽一点不好吗？毕竟你
不是扮演济公。《潜伏》里
的翠平刚到余则成身边的
时候，那身装束，那份土
气；后来做太太做习惯了，
讲究起来，开始烫头发，穿
旗袍，人还是那个人，给
人的感觉就是不一样了。说
到底，只要不是花钱花得出
圈，女人还是要对自己好一

些的，这样也是对老公好一些，不然他老是天天看着你这样的脸和
你这样的装束打扮，也很痛苦的。

当然，另一种做法，更不好。那就是女人打着要对自己狠一点的旗号，花钱太狠了。衣服一定要买大牌子的，化妆品更要国际名牌，要吃好！喝好！睡好！玩好！不然的话，"你累死了，就有别的女人来住咱的房子，花咱的钱，睡咱的老公，还打咱的娃……"这是什么论调。常言说守多大的锅，吃多大的饭。若是豪富之家，那还用说，怕的就是没多大的"烧水儿"（我们本地方言，大略为"身家"之意），却偏要胡花八花，只能加重自己的负担，想方设法，拼命弄钱——不是逼老公拼命赚钱，就是逼自己拼命赚钱。可是赚钱赚到哪里才算一站呢？就像一列停不下来的火车，永远咚咚哐哐地前行着，累，而且不快乐。

这一点，我是深有体会的。

当年，我可以说是拼命省钱和拼命花钱的综合体：一方面，舍不得吃，舍不得喝；另一方面，又买房子，买库房，买商铺。钱不够就借，然后拼命赚钱去还。从三十多岁到四十出头的美好年华，就这么被我过下来了：头发也白了，眼睛也近视了，因为整天写稿，腰椎和颈椎都不好了。值得不值得？

所以说，拼命省钱和拼命赚钱都是不重要的，适度花钱才重要。衣服鞋子化妆品不够就买，但不至于一买就买很多，够穿够用即可；房子不必买那么多，够住即可。最重要的，还是活一个好心情。

今天是大年初一，上午拜年，下午无事，在老家的村子周围路上闲步。一路上见些麦秸垛，见深耕深翻的田地，预备种庄稼，满眼的土坷垃。夕阳渐渐西下，日色柔和，给土坷垃蒙一层金光，好一派沉默神圣的模样。见一垄垄尚未泛绿的小麦，见路边的芦苇迎着微风摆摆摇，摇摇摆摆。一路静寂无人，连音乐亦不想听，连戏亦不想听，连相声亦不想听。就想这么漫无边际地走走看看停停，心像一块不冷不寒的冰，踏踏实实的透明和安稳。

感觉此时此刻贵逾黄金。

为什么？因为我把重担放下了。活到这个年龄，衣食住行虽无力豪华，但是按照简朴些的标准，也顾得住了，就没必要过于难为自己了。结果心头的担子一松，心情马上就变好了，整个人都显得安闲、滋润，比什么化妆品都好用。

所以，女人，要对自己狠一些，但不能太狠了，凡事还是讲究一个度为好。

第六节
追名逐利不重要，恬淡安舒才重要

在饭桌上，见到一位女士，四十来岁的样子，很会修饰，眉梢眼角的神情也很动人。她好像是一个什么单位的副职，正中间的那位，是她的顶头上司。于是整个席间，我们都几乎是看她一个人在表演。她给他敬酒，顺嘴儿说出的话一溜不溜的，光滑流利，听着十分舒心，哄得他把杯子喝个底儿朝天。然后她又给他满上，继续说着许多的奉承话，哄着他喝酒。这次他不肯喝了，一定要她陪着喝，她就端起来，酒到杯干，领导喝一杯，她连干三杯才罢手。再敬酒的时候，她干脆端着酒杯走到他身边，他端坐在那里，半抬头看一眼，说："波涛汹涌啊。"大家哄堂大笑，她也跟着笑得前仰后合。

一场酒下来，她走路迤逦歪斜。坐在车上，喷着酒气，还说："今天我表现怎么样？把领导陪高兴了吧？在酒桌上就得这么干，要不然，怎么给领导留下深刻印象呢？"

事实证明，她是正确的，她的工作职务一再提拔。可是，有时候想一想，又觉得，她活得挺累。

或者说，我们许多人都活得挺累。

森林里有数不清的大树，每棵树上都爬满了猴子。每只猴子都处在不同的状态，有的刚开始攀援，有的爬到了中间，有的高踞树顶；精神状态也不同，有的正悠然坐在枝上休息，有的汗流满面继续努力，最高的枝头那只猴王俯视脚下群猴，表情或倨傲或谦抑，但无一例外地对脚下群猴表达了宽容的怜悯。但是，谁的高兴也不会太久，不定哪一刻，他就会被哪只后起之猴推得跌下树去。

刚开始爬树的猴子看着半树腰的猴子，充满艳羡："哎呀，什么时候我才能爬到他那个位置呢？到那个位置我一定会满足了，别无所求。"一旦爬到了半树腰，他就会发现，半树腰的猴子也不好当，他会一边怜悯和防备脚下的猴子赶上自己，一边看着最高处犯愁："想必那最高处一定风景独具吧？我什么时候才能爬得上去呢？"

也有的猴子会中途转移地盘。也是，在这棵树上没有发展前途，换棵树来爬爬怎样？树挪死，猴挪活嘛。一棵树上吊死的猴有是有，但不多见。所以所有的树上都会不断有新面孔出现，也会有老面孔消失。当对爬树厌倦的时候，有的猴会罢手不干了，一个筋斗跳下树，重新回到生命的起点。

这座森林，就是人类社会，一棵棵大树，就是人们栖身的众多单位和领域。每个猴子都会由于惯性被赶上树去，奋斗和攀升是每个猴子一出生就要具备的本领，一方面是谋生，一方面为实现自己的价值。一旦选中了某一棵树，也就意味着选中了某一个价值体系，或者说，被这一个价值体系千丝百络地纠缠住，除非脱逃，摆脱不开。

她，和许许多多的我们，其实也都是一只只追名逐利的猴子罢了。

唐伯虎有一首《桃花庵歌》，讲的是自己不肯出仕，只愿意守着桃花。拿做官的人与自己相比："若将显者比隐士，一在平地一在天。若将花酒比车马，彼何碌碌我何闲。别人笑我太疯癫，我笑他人看不穿。不见五陵豪杰墓，无花无酒锄作田。"

《红楼梦》里有一首有名的《好了歌》，其中有一句叫："世人都晓神仙好，惟有功名忘不了！古今将相在何方？荒冢一堆草没了。"

清代孔尚任的《桃花扇》里，借老艺人苏昆生的悲歌，诉说人间富贵荣华的风流易散："俺曾见，金陵玉树莺声晓，秦淮水榭花开早，谁知道容易冰消！眼看他起朱楼，眼看他宴宾客，眼看他楼塌了。"

人们历来对于名利的看法和做法都是分裂的，一方面厌弃名利，一方面又热衷名利；一方面嘴里说着清高，一方面心里追名逐利；一方面把名利妖魔化，一方面又觉得无名不行路，无利不起早。

其实，公允地说，追名逐利是重要的，名利的欲望是推动社会前进的一个重要因素，但是，基于它的无常与易消散的特质，过分地执着于它又确实不好，尤其对于女性来说。名利对于女子的心性的侵蚀也是致命的。

多年前，芙蓉姐姐在网上炒作成名，后来又有凤姐也用同样的手段成名。此后，想学她们的不计其数，不惜扮丑和突破下限招骂，通过骂声使自己成名。可是，这样的炒作就像炒黄豆，刚出锅是香的，热的，被人嚼在嘴里，骂得兴致盎然，吐槽吐得津津乐道；逐渐的，黄豆就凉了，人们就把它扔在一边，关注和嚼说起更新的炒黄豆。这样的炒作法，带来的名和利只是过眼烟云，却用了一生的形象来做牺牲和抵偿，值不值得？

又有一句"名言"，流传了好多年："宁可坐在宝马车里哭，也不坐在自行车后面笑。"说白了，就是铿铿锵锵五个字：嫁给有钱人。抱持着这样的信念，把追逐有钱人当成自己的奋斗目标，把当阔太太当成人生的终极理想，然后无所不用其极，整容啦、炒作啦，如此种种，就都来了。可是，天下那么大，有钱人毕竟少，有钱而单身的更少，有钱而单身而品行好的更少，狼多肉少，能轮到你吗？怕的是不但轮不到你，你反而被别有用心的人骗财骗色。

看一则法制新闻，说一个女人厌弃丈夫平凡，被一个有钱的帅哥勾走。丈夫有情，把所有存款都给了她，她却被有钱的帅哥以做生意需要周转为名，一次两次地借走几百万元。一年半之后，她为这个有钱人生了孩子，这个人却在孩子未满月时彻底消失。这个人给女人住的豪宅也被人来收走，说是他租的。

所以，再怎么说富比穷好，说到底还是笑比哭好。找一个真心对你的，日子也能过得下去的，比什么都好。

名利的路上，说不尽天下人是多么的前赴后继，这里给女人善意地提个醒：名利固然重要，真实而平凡的生活更重要。

本章结语

在这个年龄段，女性已经步入了第六个生命周期。从这个周期开始，女性最旺盛的生命期已经过去，就像一棵树，开的满头花已经开始有些凋谢。凋谢就凋谢吧，没什么大不了的，重要的是，正视青春的渐行渐远，从心理上进行调适，开始过下半段更为精彩的人生。

首先，接受容颜渐改的事实，不必为眼角出现的一丝皱纹惊恐不安，拼命涂抹一层又一层的化妆品。但是，保养却是必要的，吃绿色食品，过健康生活。

再者，从心理上学会悠然与从容，不急匆匆地追逐名利，不挖空心思地和人比斗心机，不拼命争抢财富以致忽略健康与快乐。

第三，给家人营造安适与稳定的家庭环境，善待双方父母，陪伴丈夫和孩子。

最后，请相信：虽然我们的身体已经开始螺旋式下降的过程，但是，我们的心理日渐成熟，情感日渐丰沛而深沉，生命的河流从现在开始，一天天河宽流深，稳默沉静，倒映着蓝天白云，这难道不是更加迷人的景象吗？

第七章

天光云影共徘徊：

43岁到49岁，比起你年轻时的美貌，我更爱你
被时光洗过的容颜

　　生命的第七个周期来了，时光的劫掠如风如刀，在我们的脸
上、心上，刻下了不可磨灭的痕迹，如同秋天到了，树会落叶。但
是！我们没有老。我们只不过迎来了人生中一次新鲜的体验。

第一节

未雨绸缪，关注"更年期"

"最是人间留不住，朱颜辞镜花辞树。"女性到了 43 岁至 49 岁这个年龄段，容颜渐改，白发渐生，月经渐绝，更年期快来了。

犹记得我的母亲四十八九岁的时候，有好几年的时间，明明好好地说着话，马上就烦躁起来，声音又高又尖，恨不得和人大吵一架；明明安安静静地坐着，忽然就满面潮红，热得大冬天在室内待不住，跑到室外找凉快。

这，就是典型的更年期的表现。

有一个邻居，45 岁的年纪，更年期时闹得比别人都厉害，面容憔悴，一天老十年，看人的眼光都是呆的，吃不下东西，胸闷气短，常年感冒发烧。睡着睡着觉一个激灵就醒了，然后再也睡不着，睁着眼等天亮，东想西想，前三百年后五百载的事情都能在脑子里过一遍，然后专门找出那些不如意的事情来，重新愤怒或者悲伤一回。老公醒来问她怎么了，她劈头盖脸就是一通骂："你睡得跟死猪一样，哪里知道我睡不着有多难受！我到你们家好几十年，没吃过好的没穿过好的，天天被你们虐待，你们的良心都被狗吃了！"骂得老公摸门不着。后来，老公和儿女都开始躲着她。渐渐的，她也不闹了，整天饭也不吃两口，话也不说几句，就那么直僵僵地躺在床上，瞪着天花板发呆。家人无奈，送她去医院，一个有经验的医生断定她是更年期抑郁症。

也许你还未到更年期，但是显然这个人人必过的"坎"已经渐渐来临，有必要未雨绸缪，对它多关注一些、多了解一些。就如《黄帝内经》所言："圣人不治已病治未病，不治已乱治未乱。夫病已成而后药之，乱已成而后治之，譬若渴而穿井，斗而铸锥，不亦晚乎！"

女性更年期一般在 45 岁到 55 之间，但是部分女性在 40 岁左右就会出现一些更年期的症状，甚至因为工作压力加大，年纪轻轻就"更"了的也不少，不是有一个电影叫《我的早更女友》吗？里面的女主角年纪轻轻，就已经更了。

女性更年期前的征兆之一，就是潮热：突然感到一股热气由胸口直冲上脸，顿时满面通红。这种情况一天发生几次不定，每次持续时间也不长，但却可以据此判定更年期或者来临，或者正在临近。

而晚上的潮热过后，就容易盗汗和失眠。月经开始不规律，或者频发，或者稀少，或者不规则子宫出血，乃至完全闭经。继之以身体状况之后，心理上出现易怒、情绪不稳、焦躁不安和抑郁的症状。

为了延续更年期的到来，一方面要加强运动，锻炼体质，比如散步、打太极拳、慢跑、骑行等。这些比较温和的运动方式可以提高女性身体机能协调性，保持好的精神状态。另一方面，饮食清淡滋补，少盐、少糖、少油脂。和谐的性生活也是必要的，一个女友，和老公感情不好，自诉周年半载也不曾过过夫妻生活，她 39 岁就已经绝经了。和我坐着的时候，明明是好好地说着话，她的脸腾地就红了，汗珠子冒出来。完美的性生活可以刺激雌激素分泌，缓解精神压力，保持心情愉快，当然就能延缓衰老。还有，高血压、脂肪肝、脑血管疾病、冠心病、糖尿病等疾病都会加速人体衰老，所以要防备这些常见病的发生。

43 岁到 49 岁这个年龄段的女人，父母亲人已经年老，不定什么时候就会经受离丧之痛。遇事一定要镇静、淡定，不可忧思伤乱，心理崩溃，诱发更年期或者加重更年期症状。相信你所有的亲人，包括去世的亲人，也不愿意看到你那样悲痛的模样，希望你快乐生活。

这个时期的女人，虽然孩子已经长大，大多外地求学，自己的时间看似充裕了许多，但是儿女的终身大事需要操心，和老公的夫妻关系需要加意处理，否则婚姻倦怠期极容易发生婚变，在社会上又需要和人搞好关系，需要操心的事情着实不少。千头万绪，不定什么时候就会引发心理爆炸，说出难听的话，做出不好的事，动很大的肝火，伤心伤身。所以，仍旧需要修炼心性，保持乐观平和。

当然，平和不意味着生活一成不变、一潭死水，在看得见的未来里看不见多彩的希望。我和同学们都已经到了这个年龄，当年同宿舍的老大喜欢看小说，老二喜欢跳舞，老三、老四喜欢养花，老五、老六喜欢旅游，我喜欢写作。相邻宿舍的同学，有的喜欢画画，有的喜欢修禅……个个都生活得多姿多彩。更年期又能把她们，不对，我们，怎么样呢?

所以，从现在开始，从饮食、运动、情绪管理、兴趣爱好的培养方面入手，为更年期的到来作准备吧。

第二节
不恐惧

这个生命周期的女性对容颜和身材大多不再那么自信，上有老、下有小的家庭生活，和在单位里承担的工作又一起对心理施加影响；而对更年期即将到来的忧虑和更年期已经到来后的心理波动，这些，都会极大地影响到身体健康。所以，这个年龄段的女人尤其需要注意心理调适。

负面的心理概括起来，基本就是这四个字：恐惧、忧虑。若用一个字来概括，就是"怕"。

事实上，我们每天都在害怕。怕战不胜，打不赢，不够聪明伶俐，所以不成功；怕得意，怕忘形，怕好事来临的下一刻就有坏事来临；钱多的怕绑架，钱少的怕贫穷；贫贱的怕受欺，居高位的怕被寄举报信，于是每一步都战战兢兢，如履薄冰，不停警告自己：小心，要小心。就算是爱上了，也要警告自己只爱七分，否则小心输得渣都不剩。就连愤怒也是外化了的恐惧：我们害怕老虎伤人，就先把老虎打死。我们害怕自己被赶超，就先把别人压死。

小时候村路上时常会有羊群，大羊沉稳，不是埋头在路边啃草，就是踢踢踏踏地走，狗吠一声就吓得缩在一块共同担惊。唯有小羊活泼，我还见过一头小羊在路中间跳着舞扭秧歌。这么一大群羊里面，唯有它是不害怕的。它不知道恐惧是什么，担心是什么，忧虑是什么，只是单纯地觉得快乐，于是就尽情地表现出来快乐，于是这快乐就成倍地增加了。

假如我们像小羊一样，也不去害怕呢？事情难道会变得更糟吗？恐怕不能。既然如此，又何必用恐惧的乌云笼罩自己的头顶？

具体到这个年龄段，女人有许多自己觉得值得怕的事情：怕钱不够花，怕老公花心，怕孩子不听话，怕老人得病，怕工作干不来，怕自己韶华已逝，吸引不住老公的目光，怕早死……

结果怕来怕去，身体就真的出毛病了——吓出来的。

所以，心理调适的重中之重，就是不恐惧、不忧虑。概括起来，也就两个字：不怕。

不怕钱不够花——钱多了多花，少了少花，满大街捡废品都能吃得上粥饭，有什么好怕的？再者说了，你都有钱买这么一本书端在手里看，至于靠捡废品吃饭吗？

不怕老公花心——男人的心是指间的沙，你越怕就攥得越紧，它就出溜得越快。你给他自由，给他空间，他反而对你越多眷恋。就像三毛对荷西，荷西喜欢和朋友玩，她就给他口袋里塞满了钱，告诉他天不黑别回家，结果荷西天不黑就回来了，站在厨房门口怯怯地问："天还没黑，我可不可以回来？"再者说了，花心的男人不必非等到人到中年他才花心，要花早花了，你也早就适应了；不花心的自是不花心，把自己打理好，过得好，他看别人都不如你，还花的什么劲？

不怕孩子不听话——每个孩子来到人世，都自带目标，完成他自己特定的人生目的。你只需要把他养大，给他衣食和应有的教育，其他的，不必多管，管来管去管成仇的多得很。

不怕老人得病——现在农村有合作医疗，城镇也有合作医疗，我们需要负担的钱总归是比较少。而且老人也许需要的不是你的金钱，而是你的陪伴。就算你分身乏术，实在没有时间，老人也都会体谅，有什么好怕的呢？

不怕工作干不来——干了许多年的工作，早就干得顺手。就算新换了工作，或者升迁调动，凭靠多年的工作经验和心得，又有什么应付不了的？再者说，应付不了可以撤，撤不了可以给自己减担子，该轻松的时候别沉重，别给自己找罪受。

不怕韶华逝——女人年轻时活容貌，中年时活气质。提升修养，丰富阅历，善保养，这个年龄，倒真的不会韶华逝，反而风韵存。

不怕死——有一句"名言"说："死都不怕，还有什么好怕的呢？"这确实是抄底儿的说法。如果连死都不怕了，那就不怕活着了。建立信仰，珍爱生命，淡定对待生离死别，死亡其实没那么可怕。不怕死的人，还怕什么更年期和生活中那些细细微微的恐惧、忧虑？

这样一来，心理负担去了大半，身体也会轻松。不再忧虑，喜悦自来。

所以我们不是只有中了头彩、升官发财、遇到真命天子、拥有豪宅名车、闪闪发亮的珠宝、被众人赏识才能喜悦，否则世界上就没有喜悦的人了；那些中了头彩、升官发财、遇到真命天子、拥有豪宅名车和闪闪发亮的珠宝、被众人赏识的人，他们也不会快乐，因为他们的快乐的条件，又升了一格。

所以，平时不要说"除非得到什么我才能快乐"，"只有拥有什么我才能快乐"，那样就会在这一个"除非"实现之后，另一个"除非"产生；这一个"只有"满足后，另一个"只有"又出生，摁下葫芦起来瓢，没结没完。

真正的喜悦是从心底长出来的玫瑰，随同智慧一同发芽、长大、开花。都说玫瑰是长刺的，可是，快乐这枝玫瑰，它的身上没有刺，只要你肯把它握在手里，闻香就好。

第三节
偷偷藏起"小确幸"

村上春树创造了一个词——"小确幸"，意思是指那些微小而确实的幸福，好像雨落池塘激起的点泡，是稍纵即逝的美好。看看他藏起哪些小确幸吧：买回刚刚出炉的香喷喷的面包，他站在厨房里一边用刀切片一边抓食面包的一角，那一刻可以察觉到幸福；独处时，一边听勃拉姆斯的室内乐，一边凝视秋日午后的阳光在白色的纸糊拉窗上描绘树叶的影子……

再看看普鲁斯特在《追忆似水年华》里描写了哪些他自己的小确幸：

他欣赏山楂花："绿叶之上有几处花冠已在枝头争芳吐艳，而且漫不经心地托出一束雄蕊，像绾住最后一件转瞬即逝的首饰；一根根雄蕊细得好像纠结的蛛网，把整个花冠笼罩在轻丝柔纱之中。我的心追随着，模拟着花冠吐蕊的情状，由于它开得如此漫不经心，我把它想象成一位活泼而心野的白衣少女正眯着细眼在娇媚地摇晃着脑袋。"

又欣赏丁香花："丁香树像一群年轻的伊斯兰仙女，在这座法国式花园里维护着波斯式精致园林的纯净而明丽的格局，同她们相比，希腊神话里的山林仙女们都不免显得俗气。我真想过去搂住她们柔软的腰肢，把她们的缀满星星般花朵的芳香的头顶捧到我的唇边。"

今年45岁的我也有很多自己的小确幸，多得简直数不清：大概前天晚上，下了班，回家。可能吃过简单的晚饭：一碗黑米粥，一个或者两个小面包，也可能没有吃过。总之，餐桌边是干净的，我坐在那里，头顶上洒下来灯光。没有开电视，也没有放歌听。很安静。猫跳到我腿上，蜷伏着。我一只胳膊支着脑袋，另一只胳膊把手搭在桌沿上，猫就把脑袋稍抬起来一点点，搁在我悬垂下来的臂弯。我们两个都不说话。好安静。时间像水，一寸一寸地淌过去。

前阵子出差去北京，两天行程安排得水泄不进，夜里十一点还在和同仁开会。那么大一个城，顾不上看看北海、颐和园、故宫。坐在回程的车上，沿路见一个地方栏杆逶迤，桥带如虹，冻树瘦枝虬曲，映着苍白色的天空。那一刻心"倏"地飞出去，在树梢转了一圈。不看也似看了，一霎抵得数日。觉得来得值。

春天马上就要到来，它的每一步，都值得留意：

柳丝先绿，摇漾如线。

杏花开了，粉红嫩白。

榆钱串串挂在枝上。

杨树叶子像小桃叶，满树淡紫的桐花也高举。椿树也发出紫红的芽子。这是谁家的果树，长出一树丰厚的白云彩。一只小狗胖成圆球，用滚动的态势去走路，露出粉红的小屁股。

今天再看，桐花已经有一朵两朵零星萎在路边，路旁的小草长出来了，大如钱，毛茸茸，又绿又圆。一种叫"妈妈奶"的野草也长出来了，不知道什么时候偷着长这么大的叶片，开出毛茸茸的绛红花，拔一朵，吮一吮，有点甜。

这时候还下雪，远处的城墙，城墙上的枯槐，近处的菜园子，春菠、春韭、春油麦、香菜，全蒙一层厚厚的白雪。又停留不住，房顶上滴滴答答往下滴水。天很干净，地也新鲜。水汽还没散完，柳毛就开始飞。再过两三天，香椿树长出叶，再过几天，就能切碎拌豆腐。

弯曲的小径两边的菜地浇上清水，细草被裹着泥拔出来，地里男男女女干一些不紧要的活计，像偷安春光的意思。墙边两个小孩子，一个男孩，一个小小的女孩，真小啊，像个玩具，却在裤带上挂一个亮闪闪发着银光的大钥匙串，上面一把把钥匙把她衬得更小，手里玩弄一把大铡刀一样的剪指甲刀，跟着那个小男孩。

路上一个老太太，守着冰糕柜，一步一步走，走过去，又走回来，前一二三四，后退，转身，后一二三四……她在练跳舞。春天里的人真有趣。

这些东西，是有一颗闲心才能看见的一缕闲情。就像清水里养的一朵两朵闲花，静静地开出来。不艳，是列维坦笔下一笔一笔干净幽凉的苍黄素白。就像苏轼的"小确幸"诗里所写："细雨斜风作小寒，淡烟疏柳媚晴滩……蓼茸蒿笋试春盘，人间有味是清欢。"

《枕草子》是一本日本小女人清少纳言写的，她在日本平安时代的宫廷里当差时，虽然宫规严谨朴讷，但如果留心，却发现了许多日复一日的生活里点点滴滴的"小确幸"。

她写："春天是破晓的时候最好。渐渐发白的山顶，有点亮了起来，紫色的云彩细微地横在那里，这是很有意思的。夏天是夜里最好。有月亮的时候，这是不必说了，就是暗夜，有萤火到处飞着，也是很有趣味的。"写："正月七日，去摘雪下青青初长的嫩菜，这些都是在宫里不常见的东西，拿了传观，很是热闹，是极有意思的事情。"写："树木的花是梅花，不论是浓的淡的，红梅最好。樱花是花瓣大、叶色浓、树枝细，开着花很有意思。藤花是花房长垂，颜色美丽的为佳。"写："茅蜩也是很好玩的。叩头虫也是可怜的东西，这样虫的心里，也会得发起道心，到处叩头行走着。又在意想不到暗的地方，听见它走着咯吱咯吱叩头的声音，也是很有意思的事情。"

笔下全都是被人一忽而过，转瞬不见的东西，却被她很用心地记录下来。每天的生活劳碌烦琐，令人不耐，像是蓬生的丛草，支撑自己一天天过下来的，就是这丛草里星星点点的小花。

这样的体味我也有，哪怕这花是开在梦里：昨夜做了一梦，一路上走着，前方路当中就开着桃花。刚刚展开花瓣，深深的花筒里面好像盛了蜜一样，闻一闻，沁人心脾，醉得我走路都跟跟跄跄。路旁是田，田里也开了很多的花，我下去看，又像是花，又像是芦苇，颜色青嫩漂亮。后边有一朵真真切切的桃花，大得像碗一样，花瓣薄得像嫩红的绸子，将要开败了。我看着它，摸着它，想起《红楼梦》里，宝玉揣想邢岫烟多年以后，也将乌发如银，形容枯槁，一时悲痛万分，想着自己容颜已逝，哭了起来，越哭越痛。

那样的一个梦，优美，又开心，又忧伤。醒过来，我就揣着它洗漱、吃饭、上班、奔忙，自己悄悄地快乐和忧伤。

生活中的"小确幸"就是这样无处不在，张开慧眼，勤于发现，乐于欣赏，四十多岁的女人，也可以心里偷偷乐，脸上发出光。

一个女友，是家中独女，四十出头的年纪，如今父母俱病，一个瘫痪在床，一个心脏病动辄昏死。她班也上不成，整天被困在家里这方寸之地，给病父喂了饭，学习着自己给病母扎针输液；给病母擦洗了身子，这边又要伺候病父如厕。"床前尽孝"这四个字不是白说说的，那是泪汇成的海，底下埋着扎死人的荆棘。读再多的书也无用，当不得衣穿，当不得饭吃，甚至也不能把心抚得平展一些，整天皱巴巴像团废纸。人真的撂进事堆里，是真的烦得恨不得死了。

所以累。死了不想再活，活着想着快死。

我替这个女友十分忧虑，说这日子可怎么过呢？把她的苦处跟我的一个同学说，我的这个同学说："那是因为你想不开。把事当事，事如大山，不把事当事，事如吃饭。"

细细想想，确实如此。

把活着当事，活着就如临大事，不是怕活不好，就是怕太早死。不把活着当事，活着可不就是该吃饭吃饭，该穿衣穿衣？布衣缁衣蟒衣都是衣，穿哪一件不是穿；山珍海味糙米青菜都是饭，吃哪一碗不是吃。别人的青眼白眼都是眼，任人家瞧去看去；风雨来来去去，要得命去是风雨的本事，要不得命去是自家的本事，该喝还是喝，该吃还是吃。

所以不能说"人生"，就说"活着"就成。一说"人生"，搞得真有其事似的庄严郑重，觉得不买房买车不成，不结婚成家不成，不生子娶媳不成，不上进奋斗不成，你不累谁累。佛祖三藏经，算起来一万一千多卷，到最后他说不言一字，无字的才是真经。因为无事，所以无字。天下扰扰攘攘这么多事，到最后就是一个"空"。

事务缠身，心是清净的，就是富贵闲人。身子无限清闲，心如万马嚣乱，那也是贫贱。前一阵子，本地一家寺院因为和尚内讧，争权夺利，竟遭警察封场，说起来真是耻辱。虽在佛门不是佛子，身闲心未闲，沦为贫贱人。

不爱看宫斗戏，太复杂，太黑暗，事太多，心太累。谁都不如贾宝玉活得好，看看花，喝喝茶，玩玩雪，谈谈情，作作诗，收藏收藏自己的小确幸。在人世的贾宝玉又不如出家的贾宝玉好，他连爱情的心都不操了，这样的富贵才是泼天富贵，好比心里的那只野猴子不再大闹天宫，于是"落得天上清平是幸"。这样的清平，是由一点一滴的小确幸堆起来的水晶世界。

第四节
要有独立的资本

说说我自己的事吧。

三年前，因为爱人出轨，所以我执意离婚。表姐表哥表弟听说此事，轮番来劝，表弟态度坚决，一力反对——其时婆家一家十口人因为要抢夺财产，把我殴打到腰椎骨折住院，我自己父病母老，无人依靠，他却旗帜鲜明地劝和不劝分，说："谁家不是凑合过的？能凑合为什么要散？"

一个好友远在乌鲁木齐出差，还发长长的手机短信来骂，劝我别糊涂，勿离婚。

说来说去，毕竟夫妻二十年，家也有了，业也有了，孩子都这么大了。就算这些也不考虑，也要想想老人这么大岁数，别让他们着急呀！就算他们你也不想，也要想想你都四十多岁了，离了婚，谁还要你？

如此等等。

哪怕我的丈夫是这么不堪的一个小男人，明明是他出轨，却矢口否认，反诬我出轨；明明是我养了他二十年，他却振振有词地想要我净身出户："你离婚也可以，房子归我，车归我，所有财产都归我。否则我要搞得你身败名裂，反正我光脚不怕你穿鞋的。"哪怕他的家庭是这么不堪的一个家庭，嘴里天天挂的是行善，甚至还礼拜天去教堂，天天晚上拜耶稣，为争财产，差点没把我打死，然后跑到街上到处拉同情，给我泼上一身又一身的脏水，这么流氓的一家人。

这些都不要紧，只要能过日子就行，至于品行，那又是什么东东？

我不肯。

拖着残躯，到处找公道也找不到，当年的公安局长听公公婆婆哭诉多了，都指着我的鼻子说："你被打是你的责任！"法院也处处都向着他们。到最后，我只保留了栖身的房屋，其余的——别墅、车、商铺、库房，全归了他们，他们唯恐我反悔，快快地签了字，离了婚。

愿望达成。

我40多岁了。到50岁，到60岁，到70岁，天天听一个品行不端的小男人说着口是心非的谎言，听着庸俗到家的一家人说着飞短流长，那时候想再离婚，就真的晚了。

就算没有财产又怎样？又不是再也挣不来；就算没人要又怎样？反正我也没有被男人养，一直是我在挣钱养老公。敢离婚，是因为我有资本。

年前聘用过一个保洁，也是43岁的年纪，一边干活，一边讲她的事情：嫁第一个男人，生了一个孩子，离了婚；嫁第二个男人，又生了一个孩子，结果第二个男人又找了别的女人，哄骗着她再次离了婚。可是她说什么也要再回到这个男人身边，因为她挣不来孩子的学费，也挣不来自己的衣裳鞋袜。这么多年，她一直没有找过工作，从一个家辗转到另一个家，唯一能做的就是家务。如今第二个男人不肯再给钱，做家务竟然成了她赖以谋生的技能，这也未必不是因祸得福的事情。

但是三四个月后，她不肯再干。打电话给她，她正在美容院——第二个前夫给了孩子几千块钱的幼儿园开销，她拿着这钱，觉得不必再辛苦地做工。我再接到她电话的时候，她是问怎么才能租到廉租房，因为前夫不再给她付租金，她住不了现在的出租屋了。

43 岁到 49 岁，比起你年轻时的美貌，我更爱你被时光洗过的容颜

　　她曾经热忱地向我推荐一个算命的，说这个人算得好准！他算准了我老公离不开我，过年的时候一定会请我回去。她打电话来的时候，年早就过完了。

　　一个邻居家的 50 岁的嫂子，坐在丈夫开的车上，无意间说错一句话，被劈头盖脸好一通训——我还坐在车上。她一言不发——能说什么话呢？车是老公买的，房也是老公买的，她每天只要负责逛街就好了。一次在超市见到她，她说："哎呀，这种小超市我一般是不来的，我都是去市里的大超市买东西。这次就当是遛弯了。"上次回去见到她，她说："哎呀，你哥真是的，家里明明有了车，他还要再买一辆。"好骄傲，好满足，面上倍儿有光。可是，浮现在我脑海里的，却是她坐在车里，听申斥，木着脸。别人说，她老公在外边有女人好几年了，早想跟她离婚，她死也不肯。

　　骨头软了，被离婚都不肯，主动离婚？想都不敢想。

　　骨气和底气这种东西，是独立的资本，有了它，好好的婚姻也必得珍惜；一旦不得不分崩，也有胆量。

　　现在亲人们不再对我的选择说什么，我也不再是劳累到马上就要倒地而死的模样。我又活了，就这么简单。所以，不是鼓动有资本的人离婚，更不是鼓动没有资本的人创造资本也要去离婚，而是说，即使你已经走到这个年纪再怎么渴望过安稳宁静的日子，当你走到不得不离婚这一地步的时候，你能够自强自立，拥有咬牙断腕痛一时的资本，而不是选择合目闭眼熬日月，心塞一世临死追悔却已无济于事的结局。

第五节
女人味是岁月种出来的檀香

　　我曾经以一个"观察者"的身份，跟过一个"还乡团"，就是打拼多年，如今"回家看看"的行动团，由南方到北方，由异地到家乡。

　　它由三个女人组成，一个47岁，一个48岁，一个49岁——我是48岁的女人的朋友。

　　47岁这个，个头高挑，面容姣好，着装打扮很朴素，出门不背真皮的包包，就拎着一个红色像枕头一样圆滚滚的小旅行包，从里到外透着一股单纯、安静、亲和，单看她的举止做派，很难想象她是一家银行副行长。

　　小的时候，她的父亲是村支书，妈妈手又巧，不重样地给她做新衣裳，把她打扮得像只花蝴蝶，是所有女同学艳羡的对象，所有男同学偷瞄的对象。读初中时，父亲去世，顶梁柱塌了，母亲一个家庭妇女带着三个年幼的孩子，家庭条件一落千丈。

　　生活给她的磨难是很给力的，小的时候家庭突遭变故，长大后又嫁了个爱喝酒的丈夫。喝完酒就骂人，平时软绵绵的，动不动就往沙发上、床上、椅子上躺："唉哟不行了不行了，累得慌……"

43 岁到 49 岁，比起你年轻时的美貌，我更爱你被时光洗过的容颜

于是所有的活就只有她来干。至于工作，现在的物价，他一个月只能挣七百多块，只够买馒头的。

后来，老公住院，才向她坦白，原来他原本就有先天性心脏病，一直对她隐瞒着。她如遭霹雳，又无可奈何，只好借巨款给他做手术。如今手术成功，六十平米的小房子里住着她和她的老公。客厅里黑暗暗的，大白天要掌灯，否则就什么都看不清，但是家里收拾得十分整洁、干净。

走在路上，有职业妇女乞丐带着俩光屁股小孩乞讨，她自自然然地拿出钱来放进他们面前的盒子。

还乡团所到之处，都有老同学接待，也到处都有她的粉丝。那些男生也都是近五十岁的人了，已是社会的中坚力量，各路诸侯百花齐放，有的豪放，有的文雅，有的健谈，有的寡言，但看向她的目光，都无一例外地既怀念，又温柔。这，就是中国传统女性的魅力吧。

有一个男士，是当地一家局级单位的一把手，中午吃饭的时候，一到场就往她跟前挤，挤过去也不多说话，挨着她坐着，半低着头，一会儿挠挠头发，一会儿又挠挠头发，一会儿又半抬起眼睛来悄悄看她。我在对面看得想笑，又替他心酸。在她面前，他不再是精明干练的局长，而是青涩怀春的少年。

饭罢各散，她说他当初读书的时候，专门到过她家，也是不说话，坐在沙发上，一会儿挠挠头发，一会儿挠挠头发。另两个女人就打趣：这人长得挺帅的，当初没成一家，现在想不想搞个婚外恋什么的？她摇摇头，羞涩地笑，说不了。

我看她的眼光，也不自觉地变得很温柔。克己、自制、安静、单纯、善良，女人味就这么一丝丝散发出来了。清水出芙蓉，芙蓉虽已半老，香味仍旧缭绕，它是岁月熏出来的香。

48岁这个，算是真真正正的异乡人，连口音都变了。当年，她在家乡结婚，却老被婆婆挑唆儿子和她干仗，她一气之下提出离婚，然后不挑相貌，不挑家世，嫁给江南小村里一个刚死了老婆的男人，带着一个襁褓中的小娃娃。这人就是她现在的老公——这个人单纯、木讷，像个小娃娃，不懂得心疼和照顾人。她不但要照顾这个大男人，还要进门就给人当后妈。

这个女人不肯穷死在这个小乡村，咬着牙自己打拼，既做生意，又在当地小镇上当一个小官，事业发展起来后，她就到城市里面当不小的官，然后继续做生意，做到现在，她已经是一个真正的富婆，在那个寸土寸金的地方，住着两层的别墅，装修得富丽堂皇。儿子也已经养大，结婚生子，结婚那天跪下来给她献花，她的眼泪哗哗的。

离家将近三十年，如今才第一次返乡。她的同学我见了不少，有一个同学看上去得有六十多，人已经老得不行了，我克制着叫她"大妈"的冲动，好容易才张嘴叫了一声"姐"。有一个同学堕落得让人受不了，大上午的打麻将，肥胖，懒惰。她给她们每个人都塞了钱——我感觉她这次回来就是来当散财童子的，但是给得不让人讨厌，而是很真诚：真诚的同情，真诚的怀念，真诚的怜悯，真诚的规劝——离开的时候，她给那个爱打麻将的老同学打电话："以后不要打麻将了好哇？多干活嘛，力气不亏人的……"

这个官场商场两栖的女人，喜欢读书，喜欢食素，喜欢做布施、做慈善，有一颗纯洁干净的心灵。

当初我借过她的钱，十几万，她二话不说就把钱打过来了。我说我给你写张借条吧，她说不用不用，那多不好意思的！接着又说了一句话："你的信誉就值一千万。"因为这一句话，从今以后，我想欺瞒的时候，不敢欺瞒，想使诈的时候，不敢使诈，想阴暗的时候，不敢阴暗，想毁约的时候，信守约定，想自暴自弃的时候，不敢轻易举步，怕一举步就是深渊。因为不光天在看，还有人在看。我管它别人看不看，还有我的朋友在看。所以对待生命，不敢漫不经心——朋友的信任让我对自己格外尊敬。黑格尔说："人应当尊敬自己，

并应自视能配得上最高尚的东西。"我尊敬了自己，只为的能够配得上更高尚的东西。

所以，哪里是我的信誉值一千万，是她的信任值一千万。

她的身上，也散发着岁月熏蒸出来的香。

49 岁这个，她自己也是官，她也是个官太太，一袭黑裙，袅袅婷婷。她的名言是："女人就得上得了厅堂，下得了厨房，斗得过小三，打得过流氓。"从这言论就可以看得出这是一个泼辣的人。而她列举的这四样本事，毫不夸张地说，她铁定样样都能做得到。

好女人是一所学校，用在她身上很恰当。当年她丈夫不过是个副科长，受正科长的亲戚藐视，一怒之下，要"找人揍他"，她赶紧阻止，说这样下三烂的招儿不能要。你要跟他讲道理，告诉他，无论他和谁是亲戚，在这个单位里面，分配做什么工作，就做什么工作，不要搞特殊化，否则的话，有什么活也不让你干，你也学不出来本事不是？她的老公依计而行，科长向他道谢，说谢谢你把他教得懂事了——其实她老公该谢她，是她把他教得懂事了。在游玩的路上，她接了一个长长的电话，是她的女儿打来的，对她讲述工作中的烦心事，她耐心地听，耐心地解答，周身的气场用标签贴出来，就是"这是一个好妈妈"。

是的，一切都圆满了，老公，女儿和她。但人生是没有圆满这回事的，这也是这次还乡团的由来。她也把家安在了异乡，小小年纪曾经是运动健将，如今却两个膝盖都动了手术，卧床半年，刚能下床，怕以后再也不能走路，最大的心愿是看看家乡。

这三个奔五十岁的人，岁月在她们身上留下痕迹不是粗门大嗓，不是打孩子骂老公，不是说是播非，不是斤斤计较，不是攀富比荣，凑在一起原本就是在捡拾友情。话说回来，一个喜欢读书的女人，再低俗能低俗到哪里去？一个重情义的女人，再低俗能低俗到哪里去？一个忠贞的女人，再低俗能低俗到哪里去？

一天，我离开还乡团单独行动，逛累了，去一家小店吃饭。点了一碗冷面，点了一个渍菜粉，正吃着，发现面条里有个小飞虫，我喊她过来看，她板着脸不置可否，黑黑的脸上看不出表情。我说结账吧，她就结账，我说你把这碗面钱扣掉。她黑着脸说："你就不说我也知道把它给扣掉。"出门的时候，老板娘把抹台子的脏水珠子直往我脚上甩。

写到这里，想起宝玉说过的话，说是女人未结婚前，是颗无价的宝珠，结了婚，珠子还是珠子，却没有了光彩宝色；到老了时，就连珠子也不是了，干脆就是一颗鱼眼睛。想想确实如此。年轻时有光鲜的容貌和娇俏的做派能动人，到老了，若是一味粗豪、斤斤计较，可不就成了鱼眼睛了么？

所以说人是讲修养的，岁月这种东西，用得不好，它能把心熬成渣，女人味没了，匪气、泼气、斤斤计较的穷酸气出来了；用得好了，才能把人熏蒸成名香，知性、高贵、优雅，如同倾国倾城的名花。

本章结语

　　女人的第七个生命周期，进入了另一段起伏跌宕的节奏，更年期的来临使得女性面临着人生的又一个考验。对于这个考验，我们要"战略上蔑视它，战术上重视它"。首先从理论上对这个阶段有一个明晰的认知，知道身体和心理会出现怎样的变化，然后对照着自身进行验证，并且做好充足的应对措施。

　　最主要的，是在这个阶段中，要做好心理上的调适，知道这个阶段是必经之路，并且知道它是可以征服和战胜的。

　　从个人修养来说，这个阶段的女性可以一步一步地显著提升：少说些口舌是非，多关注一些精神层面的事情；少做些不靠谱的事，多承担一些个人责任、家庭责任和社会责任；少浓妆艳抹地装扮，多研究一下这个年龄段应当呈现的面貌和更适合的着装；少玩一些有害身心的娱乐，多做一些有益身心的运动。

第八章

蝉噪林愈静，鸟鸣山更幽：

50岁以后，以前世人爱你的美貌，现在世界爱你的智慧

走过了青涩髫龄，走过了芳华盛年，走过了意气风发，走过了疲惫和残喘，如今，终于走到了50岁。从此以后，我们的生命力仍旧丰沛，但是人生境界已经拓宽，整个人就像走过飞流激湍的河流，迎来了河宽流缓的静谧金秋。

第一节
心底无欲天地宽

　　一个女友，年过五十，是画家，艺术细胞丰厚，把家都布置得极有情调，没事的时候打起行囊，沿着太行山一路走，一路画。我的手中有她的一本画册，墨迹氤氲，灵动逼人，盯着多看一会儿，好像整个人都要飞进画里去，做太行山中一茅屋的主人。

　　但是她却从不参加所谓画家圈的一些活动，那些沽名钓誉的画展上也没出现过她的影子。有人拉她入书法美术协会，有企业家出大价钱请她去给自己的殿堂作画，她都一一拒绝。她甚至都否认自己"画家"这一身份，说："我只是很喜欢画画而已，不成'家'，只是一个'画画的人'。"

　　她真清醒。

　　她说："名利场，交际圈，让人容易迷失，我只是单纯喜欢艺术本身，这些都不适合我。"

　　她还说："文艺界表面上是人人向往的高尚殿堂，可事实上已然不那么纯净。以我现在的定力，一旦涉足恐怕很难全身而退。我只想在能力控制范围之内，做一些自己喜欢的事。"

　　以前，她也不是这么超脱的。当年为了评职称，也曾经和人打破头地争过；为了求官位，也曾经钻营谋划过。但是现在这一切都淡下来了，她只想着把画画好，把日子过好。结果，明明应当是日薄西山的年龄，她却越活越漂亮了。

这个年龄段的女人，也许最需要的，就是"无欲"这两个字吧。

还有一个女友，也 50 岁了。换季的时候，整理衣柜、鞋帽柜和储物间。平时只知道往里塞，一个衣柜盛不下就再买一个继续盛，如今一整理，发现还有十几年前的衣裳：夏天的一件本白布衣，宽宽的七分袖，布包的扣掉了一个，想着哪一天补全了，还会继续穿的，其实料子早就不时兴了，就挂放在衣架上了。像这样的衣裳还有很多，层层叠叠挤在一起，无序极了。把那么粗的金属晾杆的腰都压弯了。

鞋帽柜里面，居然还有她的老公二十年前从部队的朋友那里要来的一顶没有帽徽的军帽，从来也没见他戴过，就那么珍而重之地收藏着，其实有什么用呢。居然还有她十几年前买的一顶用塑料丝编的低档凉帽，压得不成样子了，也那样堆叠着。还有样子老旧、圆头圆脑的鞋子，像老爷一样，蹲在那里，一副唯我独尊的架势，神情可恶极了。

储物间里东西更多，以前她的老公兴过一阵收集酒瓶的爱好，不可否认，真有好看得很的。比如那种大红明釉的瓶，适合插支白梅花；酒葫芦形状的酒瓶，适合摆上博古架；有一个酒瓶上蓝底画满缠枝的软花，像是从古代的鞋垫或是小缠腰上铰下来的。以前这些东西全都摆在玻璃格子上，一排排蔚为壮观，她一通收拾，扔到这里。刚开始放得整整齐齐的，后来就干脆乱堆起来，管它谁压着谁呢。

东西多了，真正有用的不是送不进来，就是拿不出去；大部分都是既无用，又因为漂亮、怀旧或种种原因，固执不肯扔的。

她想：自己的脑子很多时候不也是这个状态么？看过的，用过的，经过的，爱过的，恨过的，过去的一切一切都不肯遗忘，搞得没有时间和空间去盛放更美好、更有用的心情和生命。干脆来个大扫除，把这些看似有用实则无用的东西全部打包，送人的送人，扔的扔。这个工作做完，看着简洁了很多的衣橱和空荡了许多的储物间，觉得出气都是痛快的。

50岁的女人，需要的就是过日子随过随扫的智慧。无用的衣饰家装，无用的份外的感情，无用的虚浮不实的人际关系，都可以不要。只在生命里留下至亲至爱的人、至简至重的东西就可以。只有这样，才能随时有干净的心地盛智慧，有清明的智慧赏月光，有赏月光的眼睛看人生，有看人

生的长远态度过每年、每月、每天、每时、每分、每秒。

第二节
智慧是伴随一生的锦囊

玉林禅师正在小禅院里择野柳芽，准备中午蒸素菜包。野柳芽漫山遍野都是，但是摘起来很费事，野柳有刺，叶小芽稀，需要拎一个筐篮，小心翼翼一片片摘取，半天才能摘小半筐。寺庙太小，香火不盛，种些土豆之类的菜蔬，长势也不良好，化缘得来的若干钱钞还要修整佛殿，塑佛金身，若没有这野菜野果，三四口僧众吃饭还真有点成问题。所以虽然玉林是方丈，念经诵课之余，还得要躬亲衣食。

一边择着菜，禅院里丁香花开，头上瓦蓝的天上白白的云彩，一丝丝的小风吹过来，禅房飘着微微的佛乐，禅师的嘴角慢慢就像荷叶擎露一样，向上弯起，托出一个笑来。

就在这时，走进来一位面容愁苦的女人，五十来岁的样子。看样子是观光的游客，可又有些放不平撂不下的心事。看见这个穿黄僧衣的和尚一脸和悦，就不由自主被吸引过来。

"师傅，我和丈夫开了一个小店，小本经营，收入很少。丈夫又是个老实人，不思进取，想让他做大点的生意他都不肯，就愿意

223

守着这一亩三分地过日子。一双儿女小时候学习成绩就都不好，如今工作也平常，想指望着他们出名挣钱、光宗耀祖也不行。日子越过越没劲，唉，我的命怎么这么苦……"

玉林禅师笑了，问："你的丈夫身体可好？"

"好。可是……"

"你的孩子是否健康？"

"是。可是……"

"一日三餐，能不能吃得饱饭？"

"能。可是……"

"冬天可不可以穿得上厚棉衣，盖得起厚棉被？"

"可以。可是……"

"还有什么可是的呢？小本经营，就没有破产的风险，收入不多，自己却能够全部支配，丈夫老实，当然就不会三心二意。想要孩子们出大名挣大钱，你肯让他们承担比常人多得多的辛苦和风险？至于光宗耀祖，看你怎么理解，平平安安过一天，快快乐乐过一天，谁说就不能让九泉之下的祖先高兴喜欢？"

女人离开的时候脚步轻松，面带笑容，智慧的禅师替她搬开了心上的一块巨石。

搞活动的时候，偶然结识一个美女——五十多岁还能称为美女的人，其实着实不多，她可真是漂亮，虽然眼角有了皱纹，鬓边有了白发，但是看着她的人，会自动忽略她这些"衰老"的标志。她干净、纯真、心无芥蒂，走到哪里都像一束金色的阳光打到哪里。

谁也想不到她根本就是鬼门关上转一圈回来的人。几年前她得了癌症，在北京住院化疗，时时刻刻分分秒秒都在受罪。现在痊愈，每天高高兴兴，和老公吵架吵得热火朝天，发誓"再也，再也不理你了"，结果第二天发现一件好玩的事，风风火火把车开去老公单位，指手画脚说半天，忽然想起来："哎呀，咱俩还不说话呢，走了！"又席卷而回。就这么有趣。

在她来看，生命真美好，活着太有意思。心眼不开，处处皆苦，生关死劫难躲，冷热饥渴难耐，无钱人觉得有钱福，有钱人又称累心苦。心眼开了，春有百花开放，秋有明月光华，夏日有夏日的风情，冬天有冬天的雪景，花开花落，叶绿叶黄，平淡光景天天过，谁说是苦不是福？

今年参加一个杂志社的笔会，总编辑也是个五十多岁的女人，和蔼可亲。儿子结了婚，她不停嘴儿地夸赞儿媳有多好，又不停嘴地夸丈夫多疼人。她和张爱玲同名不同姓，她说："我虽然比不上张爱玲有才，但是，我比她幸福。"

事实上，能做到这一个地步的人，吃过多少辛苦，别人不知道，她自己清楚，只不过她习惯看生活的光明面儿，乐观看待生命。佛家讲生、老、病、死、怨憎会、爱别离、求不得，凡俗人被七苦压身，一步步都是捱不起的木瓦砖石，而智慧的人却能在七苦上盖起八宝楼台，珠玉堆叠，一层层都是福地。

一个女友，还有两年就退休了。她的身材仍旧婉约，家境很优裕，可是心情很烦恼。因为老公马上要退休，却适应不了退休后的生活状态，整天跟她闹脾气；她自己在单位也不顺心，因为没有足够的自由从事自己喜爱的读书和写作。而且生活中还总有这样那样的想不到的不顺心、不如意。我可以设身处地地理解她的无奈和怒郁，也能够充分理解她的崩溃。可是不同意她用的词："灾难。"

发大水了、着大火了、无家可归了、天降巨雷把自己劈焦了，这些都可以称为灾难；可是生活中的这些不能算是灾难，只是"事"。一年之内发生的事情，再小也是大事，放在两年里来看，大事逐渐成为小事；再过几年，根本就不是事。再过十年八年，咦，曾经有过这样的事吗？怎么不记得了呢？

就是这个样子。

既然是事，那就耐下性子去解决；不能解决的，就让它挂在那里，反正它也要不了谁的命。但是一旦称其为"灾难"，也许真的会带来灾难性的后果：你都把它们设定为灾难了，我们对于灾难的心理是厌恶和恐惧，这种负面的情绪笼罩身心，身体会不出毛病？说不定大病都有可能。所以，一定要小心。

50岁以后的女人，不和人争竞，不和命对抗，不和生老病死较劲，不和闲言闲语相亲。看看书，旅旅游，画两笔画，诌两句诗，下雨的时候，看看雨打在树叶上的模样，下雪的时候，倾耳听一听雪落的声音……够多么好呢，这样充满智慧和小趣小味的人生。

第三节
人生时时刻刻都在开始

　　和一个邻居聊天，她说："我呀，眼看就要退休，现在的主要任务，就是把自己的身体照顾好，将来不能成了老公和孩子的拖累。"她的老公是个老师，提起她来就摇头："让她看书，一翻开书页就打盹，想跟她聊点什么她也不懂，真没意思。将来退了休，两个人天天对面干坐着，日子怎么过？"

　　于是，这对夫妻间就出现了不同的诉求。她的老公希望和她有共同语言，她只希望把身体打理好。其实打理身体和丰富知识、提升精神境界之间并不矛盾，只不过她的脑子不想转了，觉得都这岁数了，没必要了。反正婚姻状态也很稳定了，还有什么可追求的呢？还怕没有共同语言老公会跑了吗？

　　错了。

　　不是老公跑不跑的问题，而是两个没有共同语言的人将来退休之后，如何共处一室的问题。一日三餐，甚至一天到晚都要见面，除了必要的话题之外，再也无话可谈，想想多么可怕？

其实每一个即将退休或已经退休的人手里，都握着一把好牌，就看你打不打。

读书牌。以前想读没时间读的书，或者大长篇静不下心来读的书，如今终于也有时间，也可以静心去读了。

画画牌。以前想画画没时间，如今终于有时间了。

旅游牌。以前想出门多难，现在叫上三五好友，呼朋引伴，游山玩水去也；或者和老伴儿手拉手，环游中国乃至世界去也。

农家乐牌。以前有工作的时候忙工作，孩子还小的时候忙孩子，老人还在的时候忙老人，如今时间宽裕下来，有条件的甚至可以跑到乡下盖一所小院，好好地经营，前园种花，后园种菜。

我早打算好了，等我老了，城市生活也过够了，就解甲归田。三间清凉瓦屋，一个农家小院，院前一棵钻天杨，院后一块小菜地。五爪朝天的红辣椒，细长袅娜的丝瓜，丝瓜旺盛的时候，大家抢着往绳上缠，一捆一捆的黄花。长豆角在架上爬呀爬。

清早起来，掐两根丝瓜，一把红辣椒，在大锅里用铲"唑啦唑啦"地炒。或者到菜园子里拔两棵嫩白菜，旺火，重油，三五分钟出锅，香喷喷一碗菜就上桌了。再拔两根羊角葱，在砧板上噔噔地斩碎，香油细盐调味。煮一锅新米粥，上面结一层鲜皮。转圈贴一锅饼子。放下小饭桌，和爱人对坐，一边吃饭，一边回忆一些陈谷子烂芝麻的旧事。那时候想必我的姑娘已经成家立业，一到过年过节，就会带着她的娃娃来看我。小娃娃进门就一边叫"姥姥"，一边蹒跚着小短腿往前跑，我抱起来亲一下，再亲一下。

平常人家，青菜萝卜。番茄、青椒、苦瓜、黄瓜、白菜、西

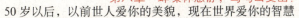

芹、大葱、韭黄、芹菜、菜花、豆瓣菜、油麦菜，盆里还生着绿豆芽、黄豆芽，树上还长着香椿芽。中秋前后，起垄，整地，挖浅坑，点萝卜。再过一段时间，间苗，把间下来的细缨子洗净切碎，略腌三五天，配红辣椒一炒，脆生生，很下饭的。地里长的全是壮苗，生成的萝卜怎么吃怎么好，萝卜烧羊肉、炖排骨，腌萝卜，做萝卜干，立春前后棒打青萝卜，摔在地下就裂开了，能当水果。

春天里薄暮清寒，五更时落几点微雨。这样天气不宜出门。现成的青蒜嫩韭炒鸡蛋，一小壶酒，老两口慢条斯理对酌。眼看着门外青草一丝丝漫向天边，比雪地荒凉。

夏天么，很豪华，很盛大的。远田近树，绿雾一样的叶子把全村都笼罩了。蛋圆的小叶子是槐树，巴掌大的叶子是杨树，还有丝丝垂柳。向日葵开黄花，玉米怀里抱着娃娃，娃娃戴着红缨帽，齐刷刷站立，一阵好壮观的妈妈。

搬把凉椅，坐在树下，仰头看叶隙里星星点点的蓝天。一群群的白云像虎像猫、像大老鹰，一片片的草绵延着往外伸展，有的脑袋上顶一朵大花，像戴一顶草帽，摇摇晃晃，怪累的。蜜蜂这东西薄翼细腰，大复眼，花格肚子，六足沾满金黄的花粉。蜜蜂的复眼由六面晶体组成，一万多片呢。我冲它一笑，它的眼前就有一万张笑脸在晃动，它一高兴，8 字舞跳得更好了。

然后秋天就来了，玉米也该收了，叶子自腰间枯垂，像美人提着裤子（不是我说的，是鲍尔吉说的），不好看了。高粱红通通的，天蓝得像水，风渐变渐凉，使人忧伤。夜夜有如德富芦花的诗："日暮水白，两岸昏黑。秋虫夹河齐鸣，时有鲻鱼高跳，画出

银白水纹。"谁此时没有房子，就不必建造，谁此时孤独，就永远孤独，就醒来，读书，写长长的信，在林荫路上不停地徘徊，落叶纷飞。

冬天到处一片白，干净，利索，一场厚雪下来，枯草埋住了，路旁的粪堆埋住了，一切的一切都堆成浑圆的馍馍。走出家门，一无遮拦，一马平川的白色。麻雀这东西农村最多，大冬天的也是乱飞，乱跑，喳喳乱叫，没有头脑。

你看，好不好？

就是乡间没有三间小屋，租一片土地种些黄瓜豆角，闲来莳弄一番，也是好的。

和老同学联谊的牌。以前大家工作忙，现在都闲了，没事聚一聚，多么好。尤其是大家都一孩居多，如果不想增加孩子负担，自己又不愿意孤独寂寞，还可以组团互助养老。几家人住在一起，轮流做饭，一同说笑，既新鲜也实用呢。

所以，要想活得快乐，千万不要想着"我老了，快死了"，而是要想："我的人生才刚刚开始，真好。"

第四节
黄金时代

时光匆匆，岁月流转，黄金时代在忙忙碌碌中悄无声息的远去，留下的是一串串的回望与梦。十年前在街头遇见过一位同事，炎炎夏季，她着一袭白纱的裙子，乌黑的长发拢在脑后，眼神明亮，红唇醉人。今天见到她，不施脂粉，一张黄白净子脸儿，脸上和眼角的皱纹层层叠叠。她怔了一下，眼神有一刹那的诧异，直冲着我走过来，中途转了个弯子，去观察我的右鬓。我知道她在看什么，满鬓的白发。

我们都变成了这样。

她说现在已经开始张罗着给自己买墓地，因为没有丈夫，没有家，没有孩子，怕将来没有人张罗自己的身后事。好沉重的思虑啊，刚刚 50 岁的女人，何至于此。她问我怎么办，我说不要紧，我给女儿交代好了：将来我有一天不能动，生活不能自主，就请她给我安乐死，让我有尊严地离开。

同事说："你真想得开。"

是啊，我不怕死。

打心底里觉得死亡如同离开故园几十年，终得归乡。

于是，活生生地论证了一句话："死都不怕，还怕活着吗？"

我娘今年 70 岁，我每个月给她钱，她都兢兢业业攒起来。她每个月有养老金，病了有我管，可是她仍旧在攒钱，只恨攒不多。她仍旧在忧生。

我姨今年 83，那么好脾气的一个人，现在动不动就跟儿女们生气。表弟说："她老了，怕死哩。"她在惧死。

我也曾经活得好没有安全感，想着要更多的钱，更多的房子。甚至以前婚姻还在的时候，因为前夫没有挣钱的本事，我说："将来我死了，你怎么办呢？"于是就拼命赚钱，买房子，想着将来万一我死了，女儿又不孝顺，他卖了房也可以过日子；又替女儿想："如果成绩不好，找不到好工作，你怎么养活得了自己？"于是拼命赚钱，买房子，想着将来我死了，房子也给女儿留下一套，将来她起码有一个安身之处。

结果怎样？前夫出轨，家散了。女儿长大成人，也想远走高飞，命运不由我安排。我都白担了心。

然后，我又忧心如果不再婚，一个人过日子，病了怎么办？前天，发高烧，痛苦难捱——确实没人管，明明有未婚夫，却人在异地，赶不过来，病苦不仍旧是我一个人捱？所以，生病这件事，与有没有家一点关系也没。就算有老公的又怎么样？同床异梦的照样袖手在旁边看，怕是心里恨你不死。想明白了这一点，就觉得一个人其实也没那么可怕。而这个烧第二天也就退了——生病也没那么可怕。

既然这样，还有什么可怕的？饿了吃饭，冷了穿衣，病了吃药，就这么简单。吃不起药怎么办？那就死呗，灵魂归乡。

赶上二十多年来最冷的一天，当年的舍友小聚。

快结束时，每人说一句话算作总结。一个同学刚经历一场生死劫：她去看房，掉进深深的电梯井，全身骨头摔断，差点撮不起来。在往下掉的那一刻，她想：完了，要死了。结果醒过来，居然没死，只是疼。于是，在剧烈的痛楚中，她成了全病房最快乐的一个人。哪怕是半夜里不敢睡，睡着了会重新经历一次高空下坠的恐慌，醒过来一看，原来还活着，仍旧会禁不住哈哈乐。

更要命的是，她的丈夫也掉进深深的电梯井，也摔断了周身的骨头，也躺在病房。两个人居然都成了最快乐的人。她说了很长的一段话，说："当死亡到来的时候，发现居然还活着，别提多快乐了。虽然经历了这么多的痛楚，但是我活下来了，太快乐了。"

萧红 1936 年 11 月 19 日从日本东京写给萧军的一封信，信中写："窗上洒满着白月的当儿，我愿意关了灯，坐下来沉默一些时候，就在这沉默中，忽然像有警钟似的来到我的心上：'这不就是我的黄金时代吗？此刻。'……自由和舒适，平静和安闲，经济一点也不压迫，这真是黄金时代……"

经历了情伤、婚变、半夜三更不眠不休地哭泣、一夜白头，如今，我也成了最快乐的人，因为我的恐惧没有了。所以，轮到我的时候，接着这个同学的话，我说："过去，我们都渡尽劫波；现在，我们都花好月圆；将来，每时每刻，每分每秒，都是我们的黄金时代。"

真的，看，从现在开始，步履纷沓而来的每分每秒，都是你的，我的，我们的，黄金时代。

第五节
固守一片宁静

无论我们的生活怎么安排得丰富、热闹，心灵一定要是宁静的。宁静不是外化的安静、发呆，宁静是心灵的井然有序。哪怕是唱着，跳着，说着，笑着，甚至流着眼泪，但是知道世界无恙，自己也无恙，于是安然妥帖；哪怕是苦过，累过，疼过，痛过，甚至嘶声大喊过，撕心裂肺过，但是知道世界仍好，自己也仍好，于是无忧无惧。只有这样的宁静，才是真的宁静。

有这样的宁静打底，我们就可以过这样一种生活了：

不害怕死亡，不贪图赞誉，因为死亡会毫不掺假地降临，赞誉却有时会不分青红皂白。生前事和身后名，哪个更重要？

与宇宙和世界和谐的东西，也要与我和谐，与宇宙和世界恰如其时的事，于我也是恰如其时。我闻花香，像花一样盛开，吃果子，像成熟的果实一样发出香气，我也是自然的一枚果实。

只做必要的事情，必要的事情总是很少，做完之后可以有足够的时间沉思。

有人对你行恶，有什么事在你的身上发生，那必是千百年来宇宙和世界专为你织就的一件因果衣，代表着冥冥中存在的秩序。

从自身汲取力量和精神，不依靠他人。

不成为任何人的暴君，不成为任何人的奴隶。

人们代代婚育、生病、死亡、交战、饮宴、贸易、耕种、奉承、自大、多疑、阴谋、诅咒、抱怨、恋爱、聚财、欲求王者的权力，然后代代不复存在。日光之下并无新事，所以不过分关注小事。

既已不久人世，努力朴素单纯。

你不是只有身体，你还是一个带着躯体的小小灵魂。

做悬崖边的石头，被大浪击打，到最后，却驯服了狂暴的海浪。

盘点过去，看你忍受过多少困难，见过多少美丽的事物，蔑视过多少快乐和痛苦，对多少心肠不好的庸人表示过和善，然后走正确的路，正确地思考和行动，在幸福的平静流动中度过一生。

以保有安妥无恙的灵魂为最大幸运。

报复伤害你的人，不是变成像他那样作恶的人，而是不变成像他那样作恶的人。

尽量无视环境，不断回到自身，和不好的环境也能达到较大的和谐。

不随便发表意见，因为你并不会确切了解事物的前因后果，轻易之间，也许就会盲目定一个人的罪，同时扰乱自己的灵魂。

不因未来的事困扰现在的你，假如它必然发生，那就无法阻挡，假如它未必发生，就是杞人忧天。

不横眉立目，不蹙眉苦愁，因为这样的神态都是不自然的，会丧失天然的美丽清秀。

不加入别人的哭泣，不需要太强烈的感情，具备强大的理智和清醒。

眼里有星球运动，少些邻里纷争，眼里有缩微的世界，少些尘世的芜秽荒杂。眼光更高远，灵魂才更自由。

防止傲慢，超越快乐和痛苦，不热爱虚名，不为忘恩负义的人烦恼。如果有力量，就做当做的事；如果没有力量，就不责怪自己

或者责怪别人。

对人说话恰当，不矫揉造作，言词简明扼要。

果子坏了，扔掉它。脚上有刺，拔了它。不去问个不停：果子为什么坏掉，脚上为什么会有刺。

行动要敏捷，谈话要有条理，思想要有秩序，灵魂内部要和平，生活宁静而有余暇。

不去作恶，也不让别人的恶行影响自己。

不悲叹，不怨尤，不像一只猪被托上祭盘，挣扎和叫喊——喊了有用吗？

不相互蔑视，不相互奉承，不一方面希望自己高于别人，另一方面又匍匐在别人面前。

不对的，不做；不真的，不谈。

本章结语

好比音乐进入了幽深、宁静的慢板，进入了人生的第八个生命周期继之以来的第九个、第十个生命周期的女性，拥有了丰富的经历，感情也厚重而稳定，可以说，人生最美好的年华开始了。因为我们已经有资格抛开世俗的竞争和压力，有实力做好自己，不被他人左右。虽然时光过得越来越快，但是感受却越来越细腻，就像把时光一格一格放慢了去过，一点一点去品味，越品味，越有味。

在这个时期，女性要关注身体，食素、养生、戒厚味、穿衣重舒适与保暖；同时关注心灵，使之宁静而丰沛。

第九章

总结——
7：一个生命的美妙螺旋

在美妙螺旋中，我们一步步踏稳了此生。每一天都如珠似宝，每一刻都贵逾黄金。无论正走在哪个时间段，都请不要浪费生命。

欢歌总在劫难后，人生清景处处逢。

记得看过一部电影，叫《三面夏娃》。其实，世界上这些美丽的夏娃，变身又何止三面。

小女孩初生，鲜嫩可爱，童小无猜，是上帝手里一把花种，手一扬一松，她们就齐趁春风，各奔前程。这个世界对于这些小小夏娃来说，任何时候都是阳光明媚，绿草丰茸，而她们就像星星点点的小花绽放在山涧泉边，小如指甲大如盘，赤橙黄绿青蓝紫，映衬着白云蓝天，让人疑心是仙境一片。让人不由想起林黛玉的前世，也不过一株绛珠草，叶头上略有红色，微风动处，摇摆不休，"虽说是一枝小草，又无花朵，其妩媚之态，不禁心动神怡，魂消魄丧。"

不过，如果较起真来，她们并不算真正的夏娃，只不过是夏娃的前身。因为她们还没有饥食蜜青果为膳，渴饮灌愁海水为汤，所以还是草胎木质，心窍未开，少年不识愁滋味。

日长日大，日高日妍，越长越美丽，越来越爱做梦。梦里不再有洋娃娃和棒棒糖，开始有南瓜车、水晶鞋、狠毒的后妈和英俊的王子，所有戏剧元素在她们的想象里俱已齐备——她们渴望一场轰轰烈烈的相爱。所有这些标志着夏娃已经长大，激情迸发，随时都可能"哗——"一下隆重变身。

变身也不是说变就变，得需要一个过程，还得有一个引子。这个引子，就是爱情。确切地说，是情窦初开之际，遇到的第一个男人。当这个人从天而降，夏娃开始饱尝相思的疼痛。疼痛愈狠，能量愈大，到最后把自己逼成一朵怒放的猩红大丽花。

你见过大丽花没有？火一样热烈，血一样红，一旦爱上，便是沉沦。任凭旁观的人看着她一步步涉险，替她捏一把汗，她却全然不顾，也来不及看对手是什么样的人，反正就是遇见了，反正就是爱上了，反正就是你了。这时候的夏娃，爱的其实不是哪一个人，只不过是爱上爱情，然后拿整个生命轰轰烈烈去拼。

我一个小同事，恋爱前那样清纯安静，恋爱后全然变了模样，眼神火辣，行为乖张，这一刻还心甜如蜜，笑声响如银铃，下一刻就若口含黄连，如坐针毡。看着她一日十八变，可以感觉到她心里强劲的鼓噪和不安。

几乎每一个女孩子都会摊上这么一次狂热燃烧的机会，只争来早与来迟。可是，无论来早与来迟，一场焚心刻骨的恋爱对一个女人都是毁灭性的打击。在此之前，这个世界花红柳绿，草长莺飞，有那么多帅哥包围和那么多爱情机会。燃烧过后，看山不是山，看水不是水，失去的不仅是一个爱人，最大的损失是对爱情的终生免疫。

不过，当该经历的已经经历，该失悔的已经失悔，最深的伤也会平复，最重的痛也已成为过去，未来还不是不可挽回。这个时候，夏娃再度变身的时刻来临。

这次的变身告别的不仅是过去的情爱，还有所有事关过去的记忆。这种告别也是一种痛，抽丝剥茧，微细难言。痛过之后，从一朵猩红热烈的大丽花，变身成一枚红通通的水蜜桃，饱满成熟，丰盛多汁。当娶亲的鞭炮噼里啪啦响起，红通通的大红喜字就是对一场倾城之恋的交代。无论新郎是谁，从此以后，风平浪静的小日子一天天开始。爱情落地，婚姻生根——这是一个女人一生中最重要的一次变身。

只是变身成一枚桃子，并不就进了保鲜箱。要想过上安然美满的一生，需要一个艰难的过程。这个过程缓慢、悠长、需要用一生的时间来偿付最终的梦想。这不是一个有安全感的时代，没有谁敢真正大步流星，说不定什么时候就会碰上沼泽和陷阱。争吵、斗嘴、负气、艳遇、失业、伤残……原来上帝把夏娃派到人间，不光是受生育之苦，生命也备受磨难。当初抛洒下的一把花籽，如今汇成一条千军万马的洪流，冲向一个叫作幸福的终点。有那么多人中途倒下，迷失牺牲，能真正抵达幸福的，又有几人？

终于，夏娃们老了。褪去纯情、热烈、成熟、丰腴、妖艳等等诸多华彩，我们看到的，是一个剥去重重伪装的女人，站在人生的秋天。一阵风来，吹下张张叶片。张雨生早已仙去多年，但是他的歌声却一直流传："我是一棵秋天的树，稀少的叶片显得有些孤独，偶尔燕子会飞到我的肩上，用歌声描述这世界的匆促……我是一棵秋天的树，安安静静守着小小疆土，眼前的繁华我从不羡慕，因为最美的在心不在远处。"

是的，我们的夏娃经过那样多事情，度过那样多光阴，和那么多人错肩而过，也亲历过那么多的升迁浮沉，早已经看透爱情的迷阵，也晓得在这场左冲右突的八卦阵里，哪里是生门，哪里是死门。这个时候，如参佛理，果然发现，最美的不在远处，就在一个个平淡的日子里，在身边平平凡凡的亲人——在自己的心。

假如你远远地看到一个女人迎面走来，神情淡定，步态从容，你有理由相信她不但已经知晓了爱的真谛，并且乐于把爱给予生命中真正重要的人。这个时候，夏娃把自己站成一棵秋天的树，就此完成生命中最重要的变身。勘破繁华同一梦，一朝梦醒，号角齐鸣，昭示一个平凡而幸福的女人就此诞生。

女人啊，就是这么以"7年"为周期，曲折中前进，用生命的轨迹画出一个美妙的螺旋。无论你现在正处在人生的哪一个阶段，对人生抱持什么样的心理和经验，甚至正处于迷茫或者形式上的"倒退"之中，别害怕，不要紧，事实上，你只不过是处于一个看似停滞或者倒退的时间点，好比我们看一个弹簧，若是垂直去看，它只不过一个圈，在这个圈上你在倒退，事实上，你已经走过了一个很重要的节点，换个角度来看，你在前进。

你的经验、体味每时每刻都在增长，你每时每刻都在成功。没有一寸光阴是虚度，没有一星生命是浪掷，现在的一切都成为成长的原料，你正在一天天地更好、更美、更完善。

你是天地中独一无二的一个女人，用生命画着独一无二的美妙螺旋，灵魂直达天际，照亮无边苍穹。